Dat Füertüüg

Klaus-Peter Asmussen, geboren 1946 in Handewitt, wuchs mit plattdeutscher Muttersprache auf. Nach Abitur am Alten Gymnasium, Flensburg, und sechssemestrigem Studium an der damaligen Pädagogischen Hochschule Flensburg trat er in den Schuldienst ein und war zunächst sechs Jahre lang als Grund- und Hauptschullehrer in Dithmarschen tätig. Ab 1976 arbeitete er als Realschullehrer für Englisch und Dänisch in Tarp, Kreis Schleswig-Flensburg, bis er 2010 in den Ruhestand trat. 2007 veröffentlichte er bei BoD – Books on Demand „Planten un Blomen" ein „Wörterbuch schleswig-holsteinischer Pflanzennamen" (ISBN 978-3-8334-8589-3). Seit 2005 befasst er sich mit dem Übertragen von Märchen unterschiedlichster Provenienz in die plattdeutsche Sprache und Kultur. Sein hier vorgelegtes elftes Märchenbuch enthält ausschließlich Geschichten des dänischen Märchendichters H. C. Andersen (1805–1875). Davon ist der weitaus größte Teil seinen in sechs Folgen erschienenen „Eventyr, fortalte for Børn" (Märchen, für Kinder erzählt) und „Nye Eventyr" (Neue Märchen, ebenfalls sechs Folgen), entlehnt. Klaus-Peter Asmussen wohnt heute in seinem Geburtshaus in Langberg, Gemeinde Handewitt.

Klaus-Peter Asmussen

Dat Füertüüg

un anner Märkens,

utlehnt bi H. C. Andersen

un nü vertellt up Sleswigsche Geestplatt

Märkens up Platt #11

© 2018 Klaus-Peter Asmussen

Herstellung und Verlag:

BoD – Books on Demand, Norderstedt

ISBN 9783752867305

Wat in düt Book in steiht

Dat Füertüüg

Dar marscheert mal en Suldaat de Landstraat lang: een, twee, een, twee! He hett sin Tornüster up'e Rügg un en Säbel an'e Siet, denn he kümmt t'rügg ut'e Krieg, un nu geiht dat na Huus. Do bemött he up'e Straat en ole Hex; de is sowat vun eklig, ehr Ünnerlipp hängt ehr dal bet up'e Bost. Se seggt: „Moin, Suldaat! Wat hest du en feine Säbel un en grote Tornüster, du büst mal en richtige Suldaat. Nu scha'st du uck so vel Geld kriegen, as du man hebben wullt."

„Velen Dank uck, ole Hex", seggt de Suldaat.

„Sühst du de grote Boom dar?", fraagt de Hex un wiest na en Boom, de steiht dar blangen se. „De is vun binnen holl un boll", seggt se, „dar musst du in rupklarrn in'e Topp, denn so warrst du dar en Lock wies, dar kannst du rinrutschen un deep dalkamen in'e Boom. Ik will di en Tau um't Liev binnen, dat ik di wedder ruptrecken kann, wenn du mi ropen deist."

„Wat schall ik denn dar nedden in'e Boom?", fraagt de Suldaat.

„Geld halen", seggt de Hex. „Wenn du dar dalkümmst up'e Borm vun'e Boom, denn so büst du in en grote Gang, dar is dat ganz hell in, denn dar brennen oever hunnert Lampen. Denn sühst du dar dree Dören, de kannst du upsluten, de Sloetel stickt dar in. Wenn du in de eerste Kamer ringeihst, denn so warst du dar merrn up'e Del en grote Kist wies, dar sitt en Hund baven up, de hett en Paar Ogen so groot as Teetassen, man dar quäl di man gar nich um. Ik gev di min blaukareerte Schört mit, de kannst du up'e Del utspree'n; denn geihst du gau hen, kriggst de Hund faat un settst 'n up min Schört, maakst de Kist up un nimmst so vel Geld, as du wullt. Dat is allens Koppergeld", seggt se, „man wenn du leever Sülver hebben wullt, denn gah man in de neegste Stuuv, man dar sitt en Hund, de hett Ogen so groot as en Moehlenrad. Man dar quäl di man gar nich um, sett 'n man up min Schört un nimm di vun dat Geld. Un wenn du Gold hebben wullt, dat kannst uck kriegen, so vel as du drägen magst, denn musst du in de drütte Kamer ringahn. Man de Hund, de dar up'e Geldkist sitten deit, de hett twee Ogen so groot as de Watertoorn in Flensborg. Dat is di mal en Hund, kannst mi gloven! Man dar quäl du di man gar nich um. Sett 'n man up min Schört, denn deit 'n di nix, un denn nimm di so vel Goldstücken ut'e Kist, as du wullt!"

„Dat is ja nich so verkehrt", seggt de Suldaat. „Man wat schall ik *di* denn geven, ole Hex? *Wat* wullt du doch sachs uck hebben, nehm ik an."

„Nee", seggt de Hex, „nich en Penn will ik hebben! Du scha'st mi blots so'n ole Füertüüg mitbringen, dat hett min Oma dar vergeten, as se dat letzte Mal dar nedden weer."

„Na, denn laat mi man dat Tau um't Liev kriegen", seggt de Suldaat.

„Hier", seggt de Hex, „un hier is min blaukareerte Schört."

Do klarrt de Suldaat denn rup up'e Boom, lett sik dal in dat Lock, un do steiht he, so as de Hex dat seggt hett, in'e grote Gang, 'nem Hunnerte vun Lampen brennen.

Denn maakt he de eerste Dör up. Huh! Dar sitt de Hund mit Ogen so groot as Teetassen un gluupt em an.

„Du büst ja en feine een!", seggt de Suldaat, sett 'n up'e Hex ehr Schört un nimmt sik so vel Kopperstücken, as he in sin Tasch rinkriegen kann. Denn maakt he de Kist wedder to, sett de Hund dar wedder rup un geiht na de neegste Stuuv. Oha! Dar sitt de Hund mit Ogen so groot as en Moehlenrad.

„Kiek mi man nich so an", seggt de Suldaat, „anners doon di noch de Ogen weh!" Un denn sett he de Hund up'e Hex ehr Schört, man as he all dat Sülvergeld in'e Kist wies ward, do smitt he all de Kopperstücken, de he hett, weg un maakt de Tasch un sin Tornüster vull mit idel Sülver. Denn geiht he na de drütte Kamer rin. Igitt, wo eklig! De Hund dar binnen hett würklich twee Ogen so groot as de Watertoorn! Un de dreihn sik in'e Kopp as Roe'!

„Moin!", seggt de Suldaat un leggt de Hand an'e Müts, denn so'n Hund hett he noch nich sehn. Man as he 'n en beten ankeken hett, dücht em, nu langt dat sachs, sett 'n dal up'e Del un maakt de Kist up. Gott bewahre, wat en Barg Goldstücken! Dar kann he ganz Hamborg för kopen un de Stutenwiever se's Marzipanswiens, all Tinnsuldaten, Pietschen un Schaukelperde, de dat up'e Welt geven deit! Ja, dat is mal Geld! Nu smitt de Suldaat all dat Sülvergeld rut ut sin Tasch un ut sin Tornüster un nimmt sik dar Goldstücken för. Ja, all Taschen, de Tornüster, de Müts un de Steveln maakt he vull, he kann meist nich mehr gahn! Nu hett he Geld! De Hund sett he wedder rup up'e Kist, ballert de Dör to un röppt na baven dör de Boom: „Nu treck mi rup, ole Hex!"

„Hest dat Füertüüg mit?", fraagt de Hex.

„Dat 's uck wahr", seggt de Suldaat, „dat heff ik rein vergeten!" Un denn geiht he hen un haalt dat. De Hex treckt em rup, un do steiht he wedder up'e Landstraat mit Taschen, Steveln, Tornüster un Mütz vull Goldstücken.

„Wat wullt du nu mit dat Füertüüg?", will de Suldaat weeten

„Geiht di nix an!", seggt de Hex. „Geld hest du nu ja kregen, nu giff du mi man dat Füertüüg!"

„Sabbel nich!", seggt de Suldaat. „Foorts seggst du mi, wat du darmit wullt, oder ik krieg min Säbel rut un hau di de Kopp af!"

„Nee", seggt de Hex.

Do haut de Suldaat ehr de Kopp af. Bumms, dar liggt se! Un denn binnt he all sin Geld in ehr Schört, nimmt dat as en Bünnel up'e Rügg, stickt dat Füertüüg in'e Tasch un geiht liek to Stadt.

Dat is en feine Stadt, un in'e beste Kroog kehrt he an, verlangt de allerbeste Stuven un to eten, wat he mag, denn nu is he ja riek, wo he sovel Geld hett.

De Huusknecht, de sin Steveln putzen mutt, dücht ja, dat sünd man wat kloeterige ole Steveln för so'n rieke Herr, man he hett sik ja noch keen nüen köfft kregen. De neegste Dag kriggt he sik wecke Steveln, 'nem he sik in seh'n laten kann, un wat feine Tüüg. Nu is de Suldaat en vörnehme Herr wurrn, un se vertellen em vun all de Staat, de dat in se's Stadt geven deit, un vun se's König, un wat för 'n smucke Prinzessin de sin Dochter is.

„Wonem kann een ehr denn mal to sehn kriegen?",
fraagt de Suldaat.

„Gar nich", seggen se all, „se wahnt in en Kopperslott
mit en Masse Muern un Toorns um rum. Blots de
König dörv bi ehr rin- un rutgahn, denn dat is vörut-
seggt, se schall en ganz eenfache Suldaat to Mann
kriegen, un dat passt de König ganz un gar nich."

„Ehr much ik woll mal sehn", denkt de Suldaat, man
dar kann ja nix vun warrn.

Nu levt he lustig up los, geiht to Theater, fahrt spa-
zeern in'e König sin Gaarn un gifft de Armen en
Masse Geld, un dat is ja nett vun em. He kennt dat
noch vun fröher, wo leeg dat is, wenn een keen Pen-
ning up'e Naht hett. Nu is he riek, hett feine Tüüg
un finnt en Barg Frünnen, de seggen all, he is en
feine Keerl, en richtige Herr, un dat mag de Suldaat
hören. Man nu gifft he ja elkeen Dag Geld ut un
kriggt nix wedder rin, un toletzt hett he bloß noch
twee Schilling na, un do mutt he rut ut de feine Stu-
ven un in en lüerlütte Kamer ganz baven ünner't
Dack intrecken, mutt sülven sin Steveln putzen un
se neihn mit en Stoppnadel, un nich een vun sin
Frünnen kümmt un besöcht em; dat sünd ja so vele
Treppen rup na em.

Dat is en ganz düüstere Avend, un he kann sik nich
mal en Licht kopen, man do ward he dar an denken,
in dat Füertüüg, wat he ut de holle Boom haalt hett,
'nem de Hex em dalhulpen hett, dar liggt en lütte
Stummel in. He denn ja dat Füertüüg un de Licht-
stummel rutkregen, man as he Füer sleit un de Fun-
ken fleegen vun'e Füersteen, do springt de Dör up,
un de Hund mit Ogen so groot as en Paar Teetassen,
de he nedden ünner de Boom sehn hett, de steiht vör
em un seggt: „Wat schall ik, Herr?"

11

„Nanu!", seggt de Suldaat, „dat is ja en drullige Füertüüg, kann ik sodennig kriegen, wat ik hebben will? Krieg mi wat Geld her!", seggt he to de Hund, un wupps! is 'n weg. Un wupps! is 'n wedder dar un hett en grote Paas mit Schillings in'e Snuut.

Nu weet de Suldaat ja, wat dat för'n feine Füertüüg is! Sleit he eenmal, kümmt de Hund vun'e Kist mit dat Koppergeld, sleit he tweemal, kümmt de mit dat Sülvergeld, un sleit he dreemal, kümmt de, de dat Gold wahrt. Nu treckt de Suldaat wedder dal in'e feine Stuven, kümmt wedder in feine Tüüg, un do kennen em uck foorts all sin Frünnen, un se holen so vel vun em.

Do denkt he mal: „Dat is doch en doesige Kraam, dat 'n nich kann de dare Prinzessin to sehn kriegen! Se schall so smuck we'n, seggen se ja all. Man wat helpt dat, wenn se ümmerto in dat grote Kopperslott mit all de Toorns sitten mutt! Kann ik ehr denn gar nich to sehn kriegen? Wonem is min Füertüüg?" Un denn sleit he Füer, un wupps! kümmt de Hund mit Ogen so groot as Teetassen.

„Dat *is* ja merrn in'e Nacht", seggt de Suldaat, „man ik wull so bannig geern de Prinzessin sehn, blots en lütte Ogenblick!"

Foorts is de Hund ut'e Dör, un ehrer de Suldaat sik dat versüht, is 'n wedder dar mit de Prinzessin. Se sitt up'e Hund sin Rügg un slöppt un is so smuck, elkeen kann sehn, dat is en richtige Prinzessin. De Suldaat kan sik gar nich betähmen, he mutt ehr een updrücken – denn he is en richtige Suldaat.

Denn löppt de Hund wedder t'rügg mit de Prinzessin, man as dat Morrn is un de König un de Königin schenken Tee in, do seggt de Prinzessin, se hett de

Nacht so'n snaaksche Droom hatt vun en Hund un en Suldaat. Se hett up'e Hund reden, un de Suldaat hett ehr een updrückt.

„Dat is ja en schöne Geschicht!", seggt de Königin.

Nu schall een vun de ole Hoffdamen de neegste Nacht upsitten bi de Prinzessin ehr Bett un seh'n, um dat würklich is en Droom, oder wat dat anners we'n kann.

De Suldaat lengt so gresig na un sehn de smucke Prinzessin, un do kümmt de Hund bi Nacht, nimmt ehr up'e Rügg un löppt all wat 'n kann. Man de ole Hoffdaam treckt Seesteveln an un löppt jüst so gau achterna. As se denn süht, se verswinnen in en grote Huus, denkt se: „Nu weet ik, wonem dat is", un maakt mit en Stück Kried en grote Krüüz an'e Dör. Denn geiht se na Huus un leggt sik dal, un de Hund kümmt uck wedder mit de Prinzessin. Man as 'n wies ward, dar is en Krüüz maakt an'e Dör, 'nem de Suldaat wahnt, do nimmt 'n uck en Stück Kried un maakt Krüzen an alle Dören in'e heele Stadt, un dat is mal plietsch vun em, denn nu kann de Hoffdaam ja nich de rechte Dör finnen, wo doch allerwegens Krüzen an sünd.

Fröh an'e neegste Morrn kamen de König un de Königin, de ole Hoffdaam un all Off'zeers un woe'n kieken, wonem de Prinzessin we'n is.

„Dar is dat!", seggt de König, as he de eerste Dör mit en Krüüz wies ward.

„Nee, dar is dat, min leeve Mann!", seggt de Königin – se ward de tweete Dör mit en Krüüz an wies.

13

„Man dar is een un dar is een!", seggen se all toho-
pen; wonem se uck henkieken, dar is en Krüüz an'e
Dör. Do marken se denn, dat helpt nich un söken.

Man de Königin is nu mal en bannig kloke Fruu, de
kann mehr as in'e Kutsch fahren. Se nimmt ehr gro-
te gollne Scheer, klippt en grote Stück Siedentüüg
twei un neiht dar denn en nüdliche lütte Paas vun.
Dar deit se denn fiene Bookweetengrütt rin, binnt 'n
de Prinzessin up'e Rügg, un as dat daan is, klippt se
en lüerlütte Lock in'e Paas, dat de Grütt allerwe-
gens, 'nem de Prinzessin henkümmt, dar rut drisseln
kann.

Bi Nacht kümmt de Hund denn wedder, nimmt de
Prinzessin up'e Rügg un löppt mit ehr hen na de Sul-
daat, de ehr so bannig geern lieden mag un de so
geern en Prinz weer, dat he ehr to Fruu kriegen
kunn.

De Hund markt gar nich, wo de Grütt drisselt vun't
Slott bet liek na de Suldaat sin Finster, 'nem 'n mit
de Prinzessin de Muer ruplöppt. An'e Morrn sehn
denn de König un de Königin, wonem se's Dochter
we'n is, un do kriegen se de Suldat faat un setten em
in't Kaschott.

Dar sitt he nu. Oha, wat is dat dar düüster un eklig,
un denn seggen se to em: Morrn warrst du uphängt.
Dat is keen Spaaß un hören dat, un sin Füertüüg
hett he in'e Stuuv in'e Kroog liggen laten. De neegste
Morrn kann he dör de ieserne Trallen in dat lütte
Finster seh'n, wo de Lüüd dat schietenhild hebben
un kamen rut ut'e Stadt, dat se doch tokieken
koenen, wenn he uphängt ward. He hört de Trum-
meln un süht de Suldaten marscheern. All de Lüüd
lopen afste'; dar is uck en Schoosterjung mit Schoot-

14

fell un Tüffeln mang, de rönnt sodennig in Galopp, dat sin eene Tüffel em vun'e Foot flüggt un liek hen an'e Muer, 'nem de Suldaat rutkickt dör de Trallen.

„Höh, du Schoosterjung! Du bruukst di gar nich so ielen", seggt de Suldaat to em, „dar ward doch nix vun, ehrer ik kamen do! Man wenn du henlopen wullt, 'nem ik wahnt heff, un halen mi min Füertüüg, denn scha'st du veer Schilling hebben. Man du musst de Beens in'e Hand nehmen!" De Schoosterjung will sik de veer Schilling ja geern verdeenen, un do suust he afste' un halen dat Füertüüg, gifft de Suldaat dat, un – tja, nu schoe'n wi mal hören!

Buten de Stadt is en grote Galgen upbuut, rundum stahn de Suldaten un Hunnertdusende vun Minschen. De König un de Königin sitten up en feine Thron liek oever vör de Richter un de heele Raat.

De Suldaat steiht al baven up'e Lerring[1], man as se em dat Tau um'e Hals leggen woe'n, do seggt he, ehrer en Sünner sin Straaf lieden mutt, hett he doch ümmer noch een unschüllige Wunsch frie. He will so geern noch en Piep Toback smöken, dat is ja sin letzte Piep up düsse Welt.

Dat will de König em nu nich afslaan, un do nimmt de Suldaat sin Füertüüg un sleit Füer, een, twee, dree! Un do stahn dar all dree Hünne, de mit Ogen so groot as Teetassen, de mit Ogen so groot as en Moehlrad un de mit Ogen so groot as de Watertoorn.

„Help mi nu, dat ik nich uphängt warr!", seggt de Suldaat, un do gahn de Hünne dal up'e Richter un de heele Raat, kriegen de eene bi de Beens un de anner

---

[1] Lerring = Leiter

15

bi de Näs un smieten se vele Fadens hooch in'e Luft, dat se dalfallen un sik rein toschannen slaan.

„Ik will nich!", seggt de König, man de gröttste Hund kriggt em un de Königin faat un smitt se achter all de annern ran. Do warrn de Suldaten bang', un de Lüüd ropen: „Lütte Suldaat, du scha'st unse König warrn un de smucke Prinzessin kriegen!"

Do setten se de Suldaat denn in'e König sin Kutsch, un all dree Hünne danzen vörut un ropen „Hurrah!" Un de Jungs fleuten up'e Fingern un de Suldaten präsenteern. De Prinzessin kümmt rut ut dat Kopperslott un ward Königin, un dat gefallt ehr guut! De Hochtied hett acht Daag duert, un de Hünne hebben mit to Disch seten un grote Ogen maakt.

Lütte Klaus un grote Klaus

In en Dörp sünd mal twee Keerls we'n, de hebben beid desülve Naam hatt, all beid hebben se Klaus heeten, man de eene hett veer Perde hatt un de anner man een. För un kennen de beiden ut'nanner, hebben de Lüüd de mit de veer Perde grote Klaus nöömt un de mit blots een Perd lütte Klaus. Nu schoe'n wi mal hören, wodennig dat gahn hett mit de dare beiden, denn dat is en richtige Geschicht.

De heele Wuch dör mutt lütte Klaus för grote Klaus plögen un em sin eene Perd lehnen. Denn helpt grote Klaus em wedder mit all sin veer, man blots eenmal in'e Wuch, un dat is sünndags. Höh, wat knallt lütte Klaus mit'e Swep oever all fiev Perde, dat sünd ja all so guut as sin, de dare eene Dag. De Sünn schient so fein, un all de Klocken in'e Kirchtoorn lüden to Kirch, de Lüüd sünd so fein antrocken un gahn mit't Gesangbook ünner de Arm hen un hören de Preester predigen, un se sehn lütte Klaus plögen mit fiev Perde, un he is so vergnöögt, he knallt nochmal mit'e Swep un röppt: „Hüh, all min Perde!"

„Sowat musst du nich seggen", seggt grote Klaus, „di hört ja doch man dat eene Perd!"

Man as dar wedder wecken vörbikamen up'e Weg to Kirch, do vergitt lütte Klaus, dat he dat nich seggen schall, un röppt wedder: „Hüh, all min Perde!"

„Du, ik segg di, laat dat na!", seggt grote Klaus. „Seggst du dat noch eenmal, denn hau ik din Perd een vör de Kopp, dat et doot up'e Plack liggt, denn is dat dar ut mit!"

„Ik will dat bestimmt nich wedder seggen," seggt lütte Klaus, man as dar Lüüd langkamen un nicken

em „Gu'n Dag" to, do ward he so vergnöögt, un em
dücht, dat süht so nobel ut un hebben fiev Perde för
un plögen sin Feld, un do knallt he mit'e Swep un
röppt: „Hüh, all min Perde!"

„Ja, ik will di – vun wegen all din Perde!", seggt
grote Klaus un nimmt de Tüderpahl un neiht lütte
Klaus sin eenzige Peerd dar een vör de Kopp mit, dat
'n umfallt un is ganz doot.

„Och herrje, nu heff ik gar keen Perd mehr!", seggt
lütte Klaus un fangt an to blarrn. Later treckt he dat
Perd denn af, lett dat Fell guut drögen in'e Wind, un
deit dat in en Paas. De nimmt he up'e Nack un geiht
dar to Stadt mit, dar will he sehn un kriegen sin
Perdefell verköfft.

Dat is en bannig lange Weg un gahn, he mutt dör en
grote, düüstere Holt, un denn ward dat uck noch
heel gresige Wedder. Do verbiestert he heel un deel,
un ehrer he de rechte Weg wedder faat hett, do is dat
Avend, un dat is vel to wied un kamen noch to Stadt
oder wedder na Huus, ehrer dat Nacht ward.

Dicht an'e Weg liggt en grote Buernhoff, buten sünd
de Schotten vör de Finstern, man baven oever fallt
doch wat Licht rut. Och, denkt lütte Klaus, dar kann
he doch sachs Verlööv kriegen un blieven Nacht, un
he geiht hen un kloppt an.

De Buerfruu maakt up, man as se hört, wat he will,
seggt se, he schall sik afglieden, ehr Mann is nich to
Huus, un se nimmt keen frömde Lüüd up.

„Na, denn mutt ik even buten liggen", seggt lütte
Klaus, un de Buerfruu maakt em de Dör vör de Näs
to.

Dicht bi steiht en grote Hiss[1] Heu, un twüschen de Hiss un dat Huus steiht en lütte Schüün mit platte Strohdack.

„Dar baven kann ik liggen!", seggt lütte Klas, as he dat Dack wies ward, „dat is ja en feine Bett; de Adebar ward ja sachs nich dalflagen kamen un bieten mi in't Been." Denn dar steiht en lebennige Adebar baven up't Dack, de hett dar sin Nest.

Do klarrt lütte Klaus denn rup up'e Schüün un liggt dar un dreiht sik torecht, dat he richtig guut liggen deit. De Holtschotten vör de Finstern sünd baven nich ganz dicht, un so kann he dar dör liek na de Stuuv rinkieken.

Dar is de Disch fein deckt mit Wien un Braa un so'n feine Fisch, un de Buerfruu un de Köster sitten an'e Disch un anners keen, un se schenkt em in, un he geiht up'e Fisch dal, denn sowat mag he.

„Wenn een dar doch wat vun afkriegen kunn!", seggt lütte Klaus bi sik un reckt de Kopp hen na't Finster. Mein Zeit, wat en feine Kook kann he dar binnen stahn seh'n! Ja, das is mal en Gastbott!

Nu hört he een lang de Landstraat up't Huus to rieden, dat is de Buer, de kümmt na Huus.

De dare Buer is anners en feine Keerl, man blots, he hett so'n gediegene Süük: He kann keen Kösters sehn. Wenn em en Köster ünner de Ogen kümmt, denn dreiht he foorts dör. Darum is de Köster uck kamen un seggen „gu'n Dag" to de Fruu, as de Mann nich to Huus is, he hett dat wusst, un darför hett de Fruu em uck dat feinste Eten updischt, wat se hett.

---

[1] Hiss = Diemen (dän. hæs)

As se nu hören, ehr Mann kümmt, do verfehrn se sik, un de Fruu seggt to de Köster, he schall man in'e grote leddige Kist krabbeln, de dar in'e Eck steiht. Dat deit he uck, denn he weet ja, de dare stackels Mann kann keen Kösters sehn. De Fruu verstickt gau all dat feine Eten un de Wien in'e Backaben, denn wenn ehr Mann dat wies ward, denn fraagt he ja sachs, wat dat bedüden schall.

„Och ja!", süüfzt lütte Klaus, as he all dat Eten verswinnen süht.

„Is dar een dar baven?", fraagt de Buer un kickt rup na lütte Klaus. „Wat liggst du dar baven? Kumm doch mit rin in'e Stuuv!"

Do vertellt lütte Klaus, dat he verbiestert is, un fraagt, um he nich kann Nacht blieven.

„Ja, klaar!", seggt de Buer. „Man eerst schoe'n wi mal en beten wat to leven hebben."

De Fruu nimmt se all beid fründlich up, se deckt en lange Disch un gifft se en grote Fatt Grütt. De Buer hett Hunger un itt mit richtige Ap'tit, man lütte Klaus mutt ümmer an de feine Braa, Fisch un Kook denken, he weet ja, dat steiht allens in'e Backaben.

Ünner de Disch bi sin Fööt hett he sin Sack mit dat Perdefell in henleggt, denn darför is he ja vun to Huus weggahn, dat he dat in'e Stadt verkopen will. De Grütt will em so gar nich smecken, un do pedd't he up sin Paas, un dat dröge Fell in'e Sack knarscht ganz luut.

„Scht!", seggt lütte Klaus to sin Sack, man to lieker Tied pedd't he dar nochmal up, do knarscht 'n noch luder as vörher.

20

„Nanu, wat hest du denn dar in din Paas?", fraagt de Buer.

„Oh, dat is en Hexenkeerl", seggt lütte Klaus, „he seggt, wi schoe'n keen Grütt eten, he hett de heele Backaben vullhext mit Braa un Fisch un Kook."

„Wat seggst du?", seggt de Buer un maakt gau de Backaben up un süht dar all dat feine Eten, wat de Oolsch verstaken hett, man he meent ja nu, de Hexenkeerl in'e Paas hett se dat herhext. De Oolsch truut sik ja nich un seggen wat, se sett dat Eten foorts up'e Disch, un do eten se denn vun'e Fisch, de Braa un de Kook. Do pedd't lütte Klaus wedder up sin Paas, dat dat Fell knarscht.

„Wat seggt he nu?", fraagt de Buer.

„He seggt", seggt lütt Klaus, „he hett uns uck dree Buddeln Wien herhext, de stahn dar in'e Eck bi de Backaben." Do mutt de Oolsch de Wien herhalen, de se verstaken hett, un de Buer drinkt un ward so lustig, so'n Hexenkeerl, as lütte Klaus in sin Paas hett, much he doch bannig geern hebben.

„Kann he uck de Düvel herhexen?", fraagt de Buer. „Em wull ick geern mal sehn, denn nu bün ik lustig."

„Ja", seggt lütte Klaus, „min Hexenkeerl kann allens, wat ik vun em verlangen do. Nich, du?", fraagt he un pedd't up'e Paas, dat dat knarscht. „Kannst hören? He seggt ja. Man de Düvel süht so eklig ut, dat lohnt sik gar nich un kieken em an."

„Och, ik bün nich bang, wodennig süht he denn woll ut?"

„Tja, he wiest sik lieksterwelt as en Köster."

„Hu!", seggt de Buer, „dat is eklig! Du musst weeten, ik kann keen Köster sehn, dat kann ik nich af! Man dat is nu schietegal, ik weet ja, dat is de Düvel, denn kaam ik dar sachs beter mit klaar. Nu heff ik Kraasch! Man he dörv mi nich to neeg kamen."

„Ik fraag mal min Hexenkeerl", seggt lütte Klaus, pedd't up'e Paas un hollt sin Ohr hen.

„Wat seggt he?"

„He seggt, du kannst hengahn un de Kist upmaken, de dar in'e Eck steiht, denn kriggst de Düvel to sehn, wo he kukeluurt, man du musst de Deckel fastholen, dat he nich rut kann."

„Du musst mi helpen un holen 'n fast!", seggt de Buer un geiht hen na de Kist, 'nem de Oolsch ja de richtige Köster in verstaken hett, un de sitt dar nu un is so bang'.

De Buer lücht't de Deckel en beten an un kickt dar ünner. „Hu!", schriet he un springt t'rügg, „ja, nu heff ik em sehn, he süht ganz so ut as unse Köster! Nee, dat is ja gresig!"

Dar moeten se een up nehmen, un do drinken se noch bet laat in'e Nacht.

„De dare Hexenkeerl musst du mi verkopen", seggt de Buer, „verlang darför, wat du wullt. Ik gev di foorts en heele Schepel Dalers."

„Nee, dat kann ik nich!", seggt lütte Klaus, „denk doch mal, wovel Vördeel ik vun de dare Hexenkeerl hebben kann!"

„Och, ik wull 'n so gresig geern hebben", seggt de Buer un blifft bi un pranselt.

„Na ja", seggt lütte Klaus denn toletzt, „du büst so guut we'n un hest mi Harbarg geven vunnacht, do mag dat denn eendoont we'n, du scha'st de Hexenkeerl hebben för en Schepel Geld, man ik will 'n vull hebben bet an'e Rand!"

„Dat scha'st du hebben", seggt de Buer, „man de Kist dar achtern musst du denn uck mitnehmen, de will ik keen Stunn länger in't Huus hebben, een kan ja nich weeten, um he dar noch in sitt."

Lütte Klaus gifft de Buer sin Sack mit dat dröge Perdefell in un kriggt dar en heele Schepel Geld vör, vull bet an'e Rand. Un de Buer schenkt em uck noch en Schuuvkaar för un fahren dar dat Geld un de Kist up.

„Adjüs!", seggt lütte Klaus, un denn schüfft he afste' mit sin Geld un de grote Kist, 'nem ja ümmer noch de Köster in sitten deit.

Güntsiet dat Holt is en grote, deepe Au, dat Water löppt so dull, een kann knapp gegen de Stroom answümmen. Dar is en grote nüe Brügg oever buut wurrn, un merrn up de dare Brügg hollt lütte Klaus an un seggt ganz luut, dat de Köster dat uck jo hören deit:

„Och wat! Wat schall ik doch mit de dare doesige Kist? De is so swaar, as wenn dar Steens in sünd. Ik warr ja ganz flau, wenn ik dar noch wieder mit fahren do. Ik will 'n man in'e Au smieten, seilt 'n denn na mi na Huus, denn is guut, un deit 'n dat nich, denn is dat uck schietegal."

Nu kriggt he de Kist mit de eene Hand faat un lücht't 'n en lütte beten an, as wenn he 'n dalkippen will in't Water.

„Nee, laat dat na!", röppt de Köster in'e Kist, „laat mi doch rut!"

„Hu!", seggt lütte Klaus un deit so, as wenn he bang' is. „He sitt dar noch in! Ik mutt man gau sehn un kriegen 'n dal in'e Au, dat he versupen kann."

„O nee, o nee!", röppt de Köster, „ik gev di en heele Schepel Geld, wenn du dat nalettst!"

„Ja, dat is denn ja wat anners!", seggt lütte Klaus un maakt de Kist up. De Köster krabbelt foorts rut un stött de leddige Kist rin in't Water, un denn geiht he na Huus, un dar kriggt lütte Klaus denn en heele Schepel Geld. Een hett he ja al vun'e Buer kregen, un do hett he nu sin heele Schuuvkaar vull Geld.

„Süh so, dat dare Perd heff ik guut betahlt kregen", seggt he bi sik sülven, as he na Huus un in sin eegne Stuuv kümmt, un kippt all dat Geld ut up en grote Hupen merrn up'e Del. „Dat ward grote Klaus bannig argern, wenn he to weeten kriggt, wo riek ik wurrn bin vun min eene Perd, man ik will em dat doch nich so liek to vertellen."

Do schickt he en Jung hen na grote Klaus för un lehnen en Schepelmaat.

„Wat will he dar doch mit!", denkt grote Klaus, un smert wat Teer up'e Borm, dat dar vun dat, wat dar meten ward, wat an hängen blieven kann, un dat deit et uck, denn as he de Schepel t'rügg kriggt, hängen dar dree nüe Achtschillingstücken an.

„Wat 's dat?", seggt grote Klaus un löppt foorts hen na de lütte: „Wonem hest du all dat Geld vun?"

„Och, dat is för min Perdefell, dat heff ik güstern avend verköfft!"

„Dat is verdammi guut betahlt!", seggt grote Klaus un löppt gau na Huus, kriggt sik en Äx her un haut all sin veer Perde vör de Kopp. Denn treckt he se dat Fell af un fahrt dar to Stadt mit.

„Fellen! Fellen! Wokeen will Fellen kopen?", röppt he dör de Straten.

All de Schoosters un Garvers kamen anrönnt un fragen, wat he dar för hebben will."

„En Schepel Geld dat Stück", seggt grote Klaus.

„Büst du mall?", seggen se alltohopen, „meenst du, wi hebben Geld schepelwies?"

„Fellen! Fellen! Wokeen will Fellen kopen?", röppt he wedder, man to all, de em fragen, wat de Fellen gellen schoe'n, seggt he: „En Schepel Geld."

„He will uns vernarr holen", seggen se all, un denn kriegen de Schoosters sik se's Spannreemens un de Garvers se's Schootfellen, un denn gahn se bi un vertimmern grote Klaus.

„Fellen, Fellen!", apen se em na, „ja, wi woe'n di wat up't Fell geven, dat dat grön un blau ward! Rut ut'e Stadt mit em!", ropen se, un grote Klaus mutt tosehn, dat he wegkümmt. So'n Swaartvull hett he sin Levdag noch nich kregen!

„Na!", seggt he, as he na Huus kümmt, „dat kriggt lütte Klaus wedder, dar hau ik em doot för!"

Nu is to Huus bi lütte Klaus jüst de ole Oma dootbleven. Se is ja en ole Beest we'n to em, man nu is he doch heel trurig, un he nimmt de dode Oolsch un leggt ehr in sin warme Bett, dat se doch vellicht noch wedder lebennig ward. Dar schall se de hele Nacht liggen, un he will achtern in'e Eck sitten un up en Stohl slapen, dat hett he al fröher daan.

As he dar in'e Nacht nu so sitten deit, do geiht mitmal liesen de Dör up un grote Klaus kümmt rin mit sin Äx. He weet woll, wonem lütte Klaus sin Bett steiht, un geiht dar liek up to un neiht nu de dode Oma een vör de Kopp – he meent ja, dat is lütte Klaus.

„So!", seggt he, „du schittst mi nich wedder an!" Un denn geiht he wedder na Huus.

„Dat is di mal en gresig leege Keerl!", seggt lütte Klaus, „he hett mi doch warraftig doothau'n wullt. Man guut, dat Oma al doot weer, anners harr he ehr doothaut."

Nu treckt he de ole Oma ehr Sünndagstüüg an, lehnt sik en Perd bi sin Naver, spannt dat vör de Waag un sett de ole Oma dar ganz achtern up, sodennig dat se nich dalfallen kann, wenn he anfahren deit, un denn geiht dat afste' dör't Holt. As de Sünn upgeiht, kamen se an en grote Kroog, dar hollt Klaus an un geiht rin un kriegen wat to leven.

De Kröger hett en grote Barg Geld, un he is uck en gude Mann, man he is hitzig, as harr he Peper un Toback in sik.

„Moin!", seggt he to lütte Klaus, „du büst vundaag ja tiedig in Schapptüüg."

„Ja", seggt lütte Klaus, „ik schall to Stadt mit min ole Oma, de sitt dar buten up'e Waag, ik kann ehr nich mit rin kriegen. Kannst ehr nich mal en Glas Bruunbeer bringen? Man du musst düchtig luut snacken mit ehr, se is wat doof up'e Ohren."

26

„Jo, maak ik", seggt de Kröger, schenkt en grote Glas Bruunbeer in un geiht dar rut mit na de dode Oma, de up'e Waag upstellt is.

„Hier is en Glas Bruunbeer vun Ehr Soehn!", seggt de Kröger, man de dode Oolsch seggt keen Woort, se sitt blots ganz still dar.

„Hört Se nich!", röppt de Kröger so luut, as he kann, „hier is en Glas Bruunbeer vun Ehr Soehn!"

Nochmal röppt he un nochmal, man as se sik gar nich roegen deit, ward he dull un smitt ehr dat Glas liek an'e Kopp, dat dat Beer ehr oever de Näs dal löppt un se in'e Waag achteroever fallt, denn se is ja blots upstellt un nich fastbunnen.

„So!", röppt lütte Klaus, springt ut'e Dör un kriggt de Kröger an'e Bost tofaten, „nu hest du min Oma doot-maakt! Kiek dar, se hett en grote Lock vör de Kopp!"

„O, wat 'n Mallöör!", röppt de Kröger un sleit de Hänne tosamen. „Dat kümmt allens vun min Hitzig-keit! Leeve lütte Klaus, ik gev di en heele Schepel Geld un laat din Oma inkuhlen, as wenn dat min eegne weer, blots hol dar de Mund vun, anners krieg ik de Kopp af, un dat is so eklig!"

Do kriggt lütte Klaus en heele Schepel Geld, un de Kröger begraavt de ole Oma, as wenn dat sin eegne weer.

As lütte Klaus nu mit all dat Geld na Huus kümmt, schickt he foorts sin Jung roever na grote Klaus för un fragen, um he nich kann en Schepelmaat lehnen.

„Wat?", seggt grote Klaus, „ik heff em doch doothaut! Do mutt ik doch sülven mal nakieken." Un do geiht he mit de Schepel roever na lütte Klaus.

„Minsch, wonem hest du denn all dat Geld vun?",
fraagt he un sparrt de Ogen wied up, as he wies
ward, wat dar all tokamen is.

„Tja, dat weer min Oma, de du doothaut hest, nich
ik", seggt lütte Klaus, „un ehr heff ik nu verköfft un
dar en Schepel Geld för kregen."

„Verdori, dat is guut betahlt!", seggt grote Klaus un
maakt, dat he na Huus kümmt, kriggt sik en Äx her
un haut sin ole Oma doot, leggt ehr up'e Waag, fahrt
to Stadt na de Aftheker un fraagt, um he will en
dode Minsch kopen.

„Wokeen is dat, un wonem hett He de vun?", fraagt
de Aftheker.

„Dat is min Oma", seggt grote Klaus, „de heff ik doot-
haut, för en Schepel Geld."

„Gott bewahre!", seggt de Aftheker, „He is woll nich
klook! Segg doch sowat nich, dat kann Em de Kopp
kosten!" Un denn seggt he em düchtig Bescheed, wat
dat för'n gresig leege Saak is, wat he daan hett, un
wat he för'n leege Minsch is, un dat dat bestraaft
hört. Un do ward grote Klaus so bang', he springt rut
ut'e Aftheek un rup up'e Waag, neiht de Perde
wecken mit'e Swep un jaagt na Huus, man de Af-
theker un all Lüüd meenen, he is nich klook, un do
laten se em henfahren, 'nem he will.

„Dat kriggst du wedder!", seggt grote Klaus, as he up
de Landstraat is. „Ja, lütte Klaus, dat kriggst du
wedder!" Un do nimmt he, as he na Huus kümmt, de
gröttste Sack, de he finnen kann, geiht roever na
lütte Klaus un seggt: „Nu hest du mi wedder an-
scheten! Eerst heff ik min Perde doothaut un denn
min ole Oma! Dat is all din Schuld! Man du schittst

mi nich nochmal an!" Un do kriggt he lütte Klaus faat um't Liev un stickt em in sin Sack, nimmt em up'e Nack un seggt: „Nu gah ik hen un suup di af!"

Dat is en lange Enne un gahn, ehrer he na de Au kümmt, un lütte Klaus is nich so licht un drägen. De Weg geiht dicht an'e Kirch vörbi, un binnen spelt de Orgel, un de Lüüd singen so fein. Do sett grote Klaus sin Sack dal bi de Kirchendör un denkt, dat weer nich verkehrt un gahn rin un hören eerst Gotts Woort, ehrer he wiedergeiht. Lütte Klaus kann ja nich utkniepen, un de Lüüd sünd all in'e Kirch; un do geiht he rin.

„Och ja, och ja!", süüfzt lütte Klaus in'e Sack; he dreiht sik un dreiht sik, man he kann un kann dat Sacksband nich upkriegen. Do kümmt dar en ganz, ganz ole Ossendriever lang mit sneewitte Haar un en grote Krückstock in'e Hand. He drifft en ganze Drift Köh un Bullen vör sik her, de lopen gegen de Sack mit lütte Klaus in, un do fallt de um.

„Och ja!", süüfzt lütte Klaus, „ik bün noch so jung un schall al in'e Himmel!"

„Un ik Stackel", seggt de Ossendriever, „ik bün al so oold un kann un kann dar nich henkamen!"

„Maak de Sack up!", röppt lütte Klaus. „Kruup dar rin an min Stä', denn kümmst du foorts in'e Himmel!"

„Ja, dat will ik bannig geern", seggt de Ossendriever un maakt de Sack up för lütte Klaus, un de springt foorts rut.

„Denn musst du dat Veeh passen", seggt de Ole un krabbelt nu rin in'e Paas, un lütte Klaus binnt 'n to un geiht denn weg mit all de Köh un Bullen.

En beten later kümmt grote Klaus ut'e Kirch. He nimmt sin Sack up'e Nack, un do dücht em, de is nu vel lichter, denn de ole Ossendriever is ja nich mehr as halv so swaar as lütte Klaus. „Wat is he nu licht un drägen! Dat kümmt dar sachs vun, dat ik Gotts Woort hört heff." Denn geiht he na de Au, de is deep un breet, he smitt de Sack mit de ole Ossendriever in't Water un röppt em noch achterna – he meent ja, dat is lütte Klaus: „Süh so! Du schittst mi nich mehr an!"

Denn geiht he na Huus to, man as he an'e Krüüzweg kümmt, do bemött he lütte Klaus, de drifft dar mit all sin Veeh.

„Wat denn nu!", seggt grote Klaus. „Heff ik di nich afsapen?"

„Ja", seggt lütte Klaus, „du hest mi ja vör en lütte halve Stunn dalsmeten in'e Au."

„Man wonem hest du denn all dat feine Veeh vun?", will grote Klaus weeten.

„Dat is Waterveeh!", seggt lütte Klaus. „Ik will di de heele Geschicht vertellen, un velen Dank uck noch, dat du mi afsapen hest, nu bün ik baven up, richtig riek, dat gloov mi man! Ik weer ja düchtig bang', as ik dar in'e Sack liggen dä, un de Wind hule mi um'e Ohren, as du mi vun'e Brügg dalsmeetst in dat kole Water. Ik bün foorts dalsackt up'e Grund, man ik heff mi nich stött, denn dar nedden wasst dat feinste, weeke Gras. Dar bün ik up fullen, un denn wurr foorts de Paas upmaakt, un de smuckste Deern in sneewitte Tüüg un mit en gröne Kranz um dat natte Haar nehm mi bi de Hand un sä: ‚Büst du dar, lütte Klaus? Hier hest du eerstmal wat Veeh. En Miel de

Straat rup steiht noch en ganze Drift, de will ik di schenken.' Do sehg ik, de Au is en grote Straat för de Waterlüüd. Nedden up'e Grund gahn un fahren se vun'e See liek rin in't Land, 'nem de Au to Enne is. Dat weer so fein mit Blöme, un frische Gras, un de Fisch, de dar in't Water swummen, witschten mi um'e Ohren rum, so as hier de Vageln in'e Luft. Wat weern dar feine Lüüd, un wat 'n Veeh mang Gravens un Tuuns!"

„Man warum büst du denn foorts wedder hier rup-kamen na uns?", fraagt grote Klaus. „Dat harr ik ja nich daan, wenn dat dar nedden so fein is!"

„Ja", seggt lütte Klaus, „dat is doch jüst plietsch vun mi! Du hest ja hört, de Waterdeern hett seggt, een Miel de Straat rup – un mit de Straat meent se ja de Au, annerwegens kann se ja nich hen – dar steiht noch en ganze Drift Veeh för mi. Man ik weet ja, wodennig de Au in Buchten löppt, denn hierhen, denn darhen, dat is ja en grote Umweg. Denn is dat doch gauer to, wenn dat geiht, un gahn hier an Land un drieven dwars roever wedder na de Au hen, dar spaar ik ja meist en halve Miel bi un kaam gauer to min Waterveeh."

„Mann, du büst ja woll mit en Glückshuut to Welt kamen!", seggt grote Klaus. „Wat meenst, krieg ik uck Waterveeh, wenn ik up'e Grund vun'e Au kaam?"

„Och, dat denk ik doch", seggt lütte Klaus. „Man ik kann di dar nich in'e Sack hendrägen, du büst mi to swaar. Man wenn du dar sülven hengahn un in'e Paas krupen wullt, denn will ik di geern rinsmieten."

„Velen Dank uck"; seggt grote Klaus. „Man krieg ik keen Waterveeh, wenn ik dar dal kaam, denn kriggst du en Swaartvull, dat kannst mi gloven!"

„Och nee, nu wes doch nich so eklig!" Un denn gahn se hen na de Au. Dat Veeh hett Dörst, un as de Beester dat Water wies warrn, lopen se, all wat se koenen hen un supen."

„Kiek, wo se dat hild hebben", seggt lütte Klaus, „se lengen na un kamen wedder dal up'e Grund!"

„Ja, nu help du mi man eerstmal", seggt grote Klaus, „anners kriggst du en Swaartvull!" Un denn krüppt he rin in'e grote Sack, de dar up'e Rügg vun de eene Bull legen hett. „Legg en Steen mit rin, anners bün ik bang, ik kaam nich dal", seggt grote Klaus.

„Och, dat geiht sachs", seggt lütte Klaus, man he leggt doch en grote Steen mit rin in'e Sack, binnt 'n fast to un gifft 'n denn en Schubbs: Plumps! Do liggt grote Klaus in'e Au un sackt foorts dal up'e Grund.

„O, o, ik bün rein bang', he finnt dat Veeh nich!", seggt lütte Klaus, un denn drifft he na Huus mit dat, wat he hett.

De Königsdochter up'e Arft

Dar is mal en Prinz we'n, de hett sik en Prinzessin to Fruu nehmen wullt, man dat hett uck en richtige Königsdochter we'n schullt. Do reist he de heele Welt rund för un finnen so een, man oeverall is dar wat in'e Weg. Prinzessinnen gifft dat ja nugg, man um dat uck sünd richtige Königsdöchter, dar kann he nie nich so recht achter kamen, ümmer is dar wat nich so richtig. Do kümmt he denn wedder na Huus un is so trurig, denn he will so gresig geern en richtige Königsdochter hebben.

Do gifft dat een Avend mal ganz gruliche Wedder; dat dunnert un blitzt, un de Regen gütt as ut Ammern, dat is ganz gresig! Do kloppt dat an't Slottsdoor, un de ole König geiht hen un maakt up.

Dar buten steiht en Königsdochter. Man mein Zeit, wo süht se ut vun'e Regen un dat Schietwedder! Dat Water löppt ehr man so ut ehr Haar un ehr Tüüg, un dat löppt ehr bi de Snuten vun'e Schoh rin un bi de Hacken wedder rut. Un darbi seggt se, se is en richtige Königsdochter.

„Ja, dat woe'n wi al rutkriegen", denkt de ole Königin, man seggen deit se nix, se geiht in'e Slaapkamer, nimmt all dat Bettüüg rut un leggt een Arft nedden in't Bett. Denn nimmt se twintig Madratzen un leggt de oever de Arft un denn noch twintig Dunendeken baven up'e Madratzen. Dar schall de Prinzessin nu de Nacht up liggen.

De neegste Morrn fragen se ehr, wodennig se slapen hett.

„Och, dat weer gresig!", seggt de Prinzessin, „ik heff de heele Nacht meist keen Oog tokregen. Mag de

Düvel weeten, wat dar in't Bett legen hett. Ik heff up jichens wat Hartes legen, dat ik sachs an't heele Liev grön un blau wurrn bün. Dat is ganz gresig!"

Do koenen se sehn, dat is en richtige Königsdochter, wo se doch dör de twintig Madratzen un de twintig Dunendeken de Arft markt hett. So fienföhlig kann keeneen we'n as blots en richtige Königsdochter.

Do nimmt de Prinz ehr denn to Fruu, denn nu weet he, he hett en richtige Königsdochter kregen. Un de Arft hebben se denn in't Museum geven, un dar kann een de noch bekieken, wenn keeneen 'n klaut hett. – Süh so, dat weer en richtige Geschicht!

Tolltrin[1]

Dar is mal en Fruunsminsch we'n, de hett so geern en lütte Kind hebben wullt, man se hett nich wusst, wodennig se darbi kamen schull. Do geiht se hen na en ole Hex un seggt to ehr: „Ik wull so bannig geern en lütte Kind hebben, kannst du mi nich seggen, wodennig ik darbi kamen kann?"

„Ja, dat woe'n wi al kriegen", seggt de Hex. „Hier hest du en Gassenkoorn, man dat is nich so een, as up'e Buer sin Acker wasst oder de Höhner to freten kriegen. Do dat in en Blomenputt, denn scha'st dat woll wies warrn!"

„Velen Dank uck", seggt de Oolsch un gifft de Hex twölf Schilling. Denn geiht se na Huus un plantet dat Gassenkoorn. Foorts wasst dar en feine, grote Bloom hooch, de süht jüst so ut as en Tulp, man de Bläder sluten sik fast tosamen, as wenn dat noch en Knupp is.

„Dat is ja en nüdliche Bloom", seggt de Oolsch un gifft 'n en Söten up de smucke rode un gele Bläder. Do gifft dat mitmal en grote Knall, un de Bloom geiht up. Dat is würklich en Tulp, dat kann een nu seh'n, man merrn in'e Blööt, up de gröne Stohl, dar sitt en lüerlütte Deern, so fien un nüdlich, de is nich länger as een Toll, un darför ward se Tolltrin nöömt.

---

[1] Das Märchen heißt im Original „Tommelise", was aber nicht, wie in der hochdeutschen Fassung, „Däumelinchen" bedeutet, da es nicht von dänisch „tommel" = „Daumen", sondern von „tomme" = „Zoll" (Längenmaß) abgeleitet ist. „Zoll-Liese" oder „Toll-Lieschen" spricht sich aber schlecht und sieht – ob mit oder ohne Bindestrich geschrieben – auch nicht gut aus. Deshalb habe ich den Namen „Tolltrin" gewählt.

En nüdlich lackeerte Wallnoetschell kriggt se as Weeg, blaue Violenbläder sünd ehr Madratzen, un en Rosenblatt is ehr Bettdek. Dar slöppt se bi Nacht, man bi Dag spelt se up'e Disch, dar hett de Oolsch en Teller henstellt, 'nem se en ganze Kranz vun Blöme rumleggt hett mit de Stengeln in't Water. Up't Water swümmt en Tulpenblatt, un dar kann Tolltrin up sitten un vun'e eene Siet vun'e Teller na de anner Siet schippern; twee witte Perdehaar hett se un rojen mit. Dat süht richtig fein ut. Se kann uck singen, so fien un nüdlich, as een dat hier noch nie nich hört hett.

Een Nacht liggt se in ehr smucke Bett, do kümmt dar en eklige Peit[1] dör't Finster rinhoppt, dar is de eene Ruut an twei. De Peit is so grimmig, groot un natt, un de hoppt liek dal up'e Disch, 'nem Tolltrin liggt un slöppt ünner dat rode Rosenblatt. „Dat weer mal en feine Fruu för min Soehn!" seggt de Peit, un denn kriggt 'n de Wallnoetschell faat, 'nem Tolltrin in slapen deit, un hoppt mit ehr weg dör de tweie Ruut dal in'e Gaarn. Dar löppt en grote, breede Au; man an't Över, dar is dat matschig un muddig. Dar wahnt de Peit mit ehr Soehn. Huh! he is uck grimmig un eklig, sin Mudder up un dal. „Koaks, koaks, brecke-ke-kecks!" Dat is allens, wat he seggen kann, as he de nüdliche lütte Deern in'e Wallnoetschell wies ward.

„Snack nich so luut, anners waakt se noch up!", seggt de ole Peit. „Se kunn uns noch utkniepen, denn se is so licht as en Swanenduun. Wi woe'n ehr man rutsetten in'e Au up een vun'e breede Aublomenbläder, de sünd för ehr as so'n Insel, so licht un lütt, as se is.

---

[1] Peit = Kröte

Dar kann se uns nich weglopen, un wi maken denn de beste Stuuv torecht nedden ünner de Mudd, dar schoe'n I denn wahnen."

Buten in'e Au wassen en Masse Aublöme mit so'n breede gröne Bläder, de sehn ut, as wenn se baven up't Water swümmen. Dat Blatt, dat an wiedsten buten is, is uck dat allergröttste. Dar swümmt de ole Peit hen un sett dar de Wallnoetschell mit Tolltrin up.

De dare lütte Stackel ward de neegste Morrn ganz fröh waak, un as se süht, wonem se is, ward se ganz dull weenen, denn dar is Water an all Sieden vun dat grote gröne Blatt, se kann gar nich an Land kamen.

De ole Peit sitt nedden in'e Mudd un violt ehr Stuuv up mit Rüüschen un gele Aublöme, dat schall ja richtig fein we'n för de nüe Swiegerdochter. Denn swümmt se mit ehr grimmige Soehn rut na dat Blatt, 'nem Tolltrin steiht, se woe'n ehr feine Bett halen, dat schall in'e Bruutkamer upstellt warrn, ehrer se dar sülven henkümmt. De ole Peit maakt in't Water en deepe Knicks vör ehr un seggt: „Hier stell ik di min Soehn vör, he schall din Mann warrn, un I schoe'n so fein nedden in'e Mudd wahnen!"

„Koaks, koaks, brecke-ke-kecks!" Dat is allens, wat de Soehn seggen kann.

Denn nehmen se dat nüdliche lütte Bett un swümmen dar weg mit, man Tolltrin sitt ganz alleen up dat gröne Blatt un weent, denn se will nich bi de eklige Peit wahnen oder ehr grimmige Soehn to Mann hebben. De lütte Fisch, de nedden in't Water swümmen, de hebben ja de Peit sehn un hebben hört, wat se seggt hett, un darför steken se de Köppe ut't Water, se woe'n de lütte Deern doch mal sehn. So draa as se ehr to sehn kriegen, dücht se se so nüdlich, un dat deit se so leed, dat se dal schall na de eklige Peit. Nee, dat dörv nie un nümmer passeern. Se versammeln sik nedden in't Water rund um'e gröne Stengel, de dat Blatt holen deit, 'nem se up steiht, un denn knaueln se mit se's Tähns de Stengel dör, un do drifft dat Blatt mit Tolltrin de Au dal, wied weg, 'nem de Peit nich henkamen kann.

Tolltrin seilt an en Barg Dörper vörbi, un de lütte Vageln sitten in'e Büsche, sehn ehr un singen: „Wat en nüdliche lütte Deern!" Dat Blatt mit ehr swümmt un swümmt ümmer wieder weg; sodennig reist Tolltrin in't Utland.

En nüdliche lütte witte Bottervagel flüggt ümmer um ehr rum un sett sik toletzt dal up't Blatt, denn 'n mag Tolltrin so geern lieden, un se is so vergnöögt, denn nu kann de Peit ehr nich mehr langen, un dat is dar so fein, 'nem se seilen deit. De Sünn schient up't Water, dat süht ut as dat feinste Gold. Do nimmt se ehr Lievband, binnt dat eene Enne um'e Bottervagel, un dat anner Enne maakt se an't Blatt fast. Dat glitt denn vel gauer afste' un se mit, denn se steiht ja up dat Blatt.

Do kümmt dar en Maisever anflagen, de ward ehr wies un sleit foorts sin Klauen um ehr slanke Liev un flüggt mit ehr rup up'e Boom, man dat gröne Blatt swümmt de Au dal, un de Bottervagel flüggt mit, denn de is ja an't Blatt fasttüdert un kann nich loskamen.

Herrje, wat verfehrt de arme Tolltrin sik, as de Maisever mit ehr rupflüggt in'e Boom, man an dullsten ward ehr de smucke, witte Bottervagel duern, de se

an dat Blatt fastbunnen hett. Wenn 'n nu nich los-
kamen kann, denn mutt 'n ja verhungern. Man dat is
de Maisever eendoont. De sett sik mit ehr up dat
gröttste gröne Blatt an'e Boom, gifft ehr dat Söte
vun'e Blöten to eten un seggt, se is so nüdlich, uck
wenn se gar nich as en Maisever utsehn deit. Naher
kamen all de Maisevers, de up'e dare Boom wahnen,
to Besöök. Se kieken sik Tolltrin an, un de Maisever-
frolleins trecken mit de Föhlhoorns un seggen: „Se
hett ja man twee Beens, wat süht dat ut!" – „Se hett
gar keen Föhlhoorns!", seggt en anner. „Se is so
slank um't Liev, igitt! Se süht ja ut as en Minsch!
Wat is se doch grimmig[1]!", seggen all de Maisever-
Fruunslüüd. Un darbi is Tolltrin doch so nüdlich; dat
dücht de Maisever, de ehr mitnahmen hett, ja uck,
man as se all seggen, se is grimmig, do gloovt he dat
toletzt uck un will ehr gar nich mehr hebben. Se
kann man hengahn, 'nem se will. Se fleegen dal
vun'e Boom mit ehr un setten ehr up en Goosbloom.
Dar sitt se un weent, wieldat se so grimmig is, dat de
Maisevers ehr nich hebben woe'n, un darbi is se doch
de Söötste, de een sik denken kann, so fien un klaar
as dat smuckste Rosenblatt.

De heele Sommer levt de arme Tolltrin ganz alleen
in't grote Holt. Se flecht't sik en Bett ut Grashalms
un hängt dat ünner en grote Schreppblatt[2], denn
kann dat nich up ehr regen. Se puult dat Söte ut'e
Blöme un itt dat un drinkt vun'e Dau, de elkeen
Morrn up'e Bläder steiht. Sodennig vergahn Sommer
un Harvst, man denn kümmt de Winter, de kole, lan-
ge Winter. All de Vageln, de so fein för ehr sungen
hebben, fleegen weg, de Böme un Blöme warrn gel,

---

[1] grimmig = hässlich (dän. grim)
[2] Schrepp = Ampfer

dat grote Schreppblatt, 'nem se ünner wahnt hett, rullt sik tosamen un is man noch en gele, verdrögte Stilk. Un se freert so gresig, denn ehr Tüüg is twei, un se is sülven ja so fien un lütt, de arme Tolltrin, se mutt sik rein dootfreern. Dat fangt an un sneet, un elkeen Sneeflock, de up ehr fallt, is, as wenn een en ganze Schüffel vull up uns smieten deit, denn wi sünd ja groot, man se is man een Toll lang. Do wickelt se sik in en dröge Blatt, man dat will nich recht warmen, se bevert vör Küll.

Even buten dat Holt, 'nem se nu henkamen is, liggt en grote Koornfeld, man dat Koorn is lang' weg, blots de naakte, dröge Stoppeln stahn noch up'e fraarne Eerde. De sünd för ehr, as wenn se dör en Holt geiht, och, un se bevert sodennig vör Küll. Do kümmt se an de Feldmuus ehr Dör, dat is en lütte Lock ünner de Koornstoppeln. Dar wahnt de Feldmuus warm un dröög, hett de heele Stuuv vull Koorn, en feine Koek un Spieskamer. De arme Tolltrin stellt sik in'e Dör, jüst so as en Bedeldeern, un fraagt um en lütte Stück Gassenkoorn, denn se hett twee Daag nich natt un nich dröög kregen.

„Du lütte Stackel!", seggt de Feldmuus, denn dat is eegentlich en nette, ole Feldmuus, „kumm du man rin in min warme Stuuv un itt mit mi."

Tolltrin gefallt ehr, un do seggt se: „Du kannst geern de Winter oever bi mi blieven, man du musst min Stuuv fein rein holen un mi Geschichten vertellen, de mag ik to un to geern hören." Un Tolltrin deit, wat de gude, ole Feldmuus verlangen is un hett dat denn richtig guut.

„Nu kriegen wi wiss bald Besöök", seggt de Feld-muus, „min Naver kümmt elkeen Dag in'e Wuch un besöcht mi. He sitt noch beter in sin veer Wänne as ik; he hett grote Staatsstuven un geiht in en feine swatte Sammtpelz! Wenn du de to Mann kriegen kunnst, denn so weerst du fein rut. He kann blots nich kieken. Du musst em de nüdlichste Geschichten vertellen, de du kennst!"

Man dat is Tolltrin gar nich na de Mütz, se will de dare Naver nich to Mann hebben, denn dat is en Mulewapp. He kümmt to Besöök in sin swatte Sammtpelz, he is so riek un so gelehrt, seggt de Feldmuus, sin Huusgelegenheit is uck mehr as twintigmal so groot as de Feldmuus ehr, un klook is he man eenmal, man de Sünn un de smukke Blöme mag he ganz un gar nich, dar snackt he leeg vun, denn he hett se noch nie nich sehn. Tolltrin mutt för em singen, un se singt „Eia popeia, wat russelt in't Stroh" un „Lütt Matten, de Haas", un do ward de Mulewapp ganz verleevt in ehr, denn se hett en feine Stimm, man he seggt nix, he is so'n sinnige Mann.

He hett sik annerletzt en lange Gang dör de Eerde graavt vun sin Huus na se's, dar dörven de Feldmuus un Tolltrin in spazeern gahn, wenn se woe'n. Man he seggt, se schoe'n man nich bang' warrn vör de dode Vagel, de dar in'e Gang liggen deit. Dat is en heele Vagel mit Feddern un Snabel, de is wiss jüst eerst dootbleven, as de Winter anfungen hett, un nu jüst dar begraven, 'nem he sin Gang buut hett.

De Mulewapp nimmt en Stück olmige Holt in'e Mund – dat schient ja in Düüstern as Füer – un geiht denn vöran un lücht't för se in'e lange, düüstere Gang. As se dar denn henkamen, 'nem de dode Vagel liggen deit, do sett de Mulewapp sin breede Näs an'e Boehn un stött de Eerde up, dat dar en

grote Lock is, 'nem dat Licht dör dalschienen kann.
Merrn up'e Del liggt en dode Swulk mit de smucke
Flünken fast an'e Flanken drückt un Beens un Kopp
introcken ünner de Feddern. De arme Vagel is
bestimmt dootbleven vun'e Küll. He deit Tolltrin so
leed, se hollt ja so vel vun all de lütte Vageln, de
hebben ja de heele Sommer so fein för ehr sungen un
quinkeleert. Man de Mulewapp stött 'n mit sin korte
Beens un seggt: „Nu piept 'n nich mehr! Dat mutt
doch grote Schiet we'n un kamen to Welt as en lütte
Vagel! Gottloff, vun min Kinner ward dat keen. So'n
Vagel hett ja nix as sin Quiedewiet un mutt to Win-
ter doothungern!"

„Ja, dat moegen I as kloke Mann woll seggen", seggt
de Feldmuus. „Wat hett so'n Vagel vun all sin Quie-
dewiet, wenn de Winter kümmt? Man dat schall ja
woll Wunner wat we'n."

Tolltrin seggt nix, man as de anner beiden sik vun'e
Vagel afdreihn, bückt se sik dal, schüfft de Feddern
bisiet, de oever de Kopp liggen, un drückt 'n en Söten
up'e to'e Ogen. „Vellicht is dat ja de, de oever Som-
mer so fein för mi sungen hett", denkt se, „wat hett
'n mi en Barg Freud maakt, de leeve, smucke Vagel!"

Denn stoppt de Mulewapp dat Lock to, 'nem de Dag
rinschienen deit, un bringt de Damen na Huus. Man
bi Nacht kann Tolltrin gar nich slapen, un do steiht
se up ut ehr Bett un flechtet vun Heu en grote smu-
cke Dek, un de driggt se dal un spreed't 'n ut um'e
dode Vagel un leggt weeke Watt – de hett se in'e
Feldmuus ehr Stuuv funnen – de leggt se an'e Siet
vun'e Vagel, dat 'n warm liggen kann in'e kole Eerde.

„Adjüs, du smucke lütte Vagel!", seggt se. „Adjüs un
velen Dank för din feine Singen in'e Sommer, as all

de Böme gröön weern un de Sünn so warm up uns schienen dä." Denn leggt se ehr Kopp up'e Vagel sin Bost, man wat verfehrt se sik, denn dat is meist, as wenn dar binnen wat kloppen deit. Dat is de Vagel sin Hart. De Vagel is gar nich doot, de liggt man in'e Dwaal, un nu is 'n warm wurrn un ward wedder lebennig.

In'e Harvst fleegen all de Swulken ja weg na de warme Länner, man is dar een to laat, denn freert 'n so dull, 'n fallt dal as doot, blifft liggen, 'nem 'n henfallt, un de kole Snee leggt sik dar oever.

Tolltrin hett rein dat Bevern kregen, so dull hett se sik verfehrt, denn de Vagel is ja en ganz, ganz grote een gegen ehr, se is ja man een Toll lang. Man denn faat't se doch Moot, leggt de Watt dichter um de arme Swulk un haalt en Krusemüntenblatt, dat hett se sülven as Bettdek hatt, un leggt dat oever de Vagel sin Kopp.

De neegste Nacht sliekert se sik wedder dal na 'n, un do is 'n ganz lebennig, man so flau, 'n kann blots en lütte Ogenblick de Ogen upmaken un Tolltrin seh'n, de steiht dar mit en Stück olmige Holt in'e Hand, anner Licht hett se nich.

„Velen Dank, du söte, lütte Kind!", seggt de kranke Swulk to ehr. „Ik bün so fein warm wurrn. Bald krieg ik min Knoev wedder un kann wedder fleegen, rut in'e warme Sünnenschien!"

„Och", seggt Tolltrin, „dat is so koold buten, dat sneet un freert! Bliev du man in din warme Bett, ik will di al passen!"

Se bringt de Swulk denn Water in en Blomenblatt, un do drinkt 'n un vertellt ehr, wodennig 'n sin eene

Flünk ratscht hett an en Doornbusch, un darför hett 'n nich so dull fleegen kunnt as de annern, as de wegflagen sünd, wied weg na de warme Länner. Toletzt is 'n dalfullen up'e Eerde, man up mehr kann 'n sik nich besinnen un weet uck gar nich, wodennig 'n dar henkamen is.

De heele Winter blifft 'n nu dar nedden, un Tolltrin is guut to 'n un hett 'n so leev. De Mulewapp un uck de Feldmuus kriegen dar keen Spier vun to weeten, de koenen de arme Stackel vun Swulk ja nich utstahn.

So draa as dat Fröhjahr ward un de Sünn warmt de Eerde up, seggt de Swulk adjüs to Tolltrin, as se dat Lock upmaakt, wat de Mulewapp bavenoever maakt hett. De Sünn schient so fein na se rin, un de Swulk fraagt, um se nich mitkamen will, se kann ja bi 'n up'e Rügg sitten, un denn fleegen se wied rut in't gröne Holt. Man Tolltrin weet, de ole Feldmuus ward ganz trurig, wenn se sodennig vun ehr weggahn deit.

„Nee, ik kann nich!", seggt Tolltrin. „Adjüs, adjüs, du gude, söte Deern!" seggt de Swulk un flüggt rut in'e Sünnschien. Tolltrin kickt 'n achterna, un dat Water stiggt ehr in'e Ogen, denn se hett de arme Swulk ganz dull leev.

„Quiedewiet! Quiedewiet!", singt de Vagel un flüggt rin in't gröne Holt.

Tolltrin is so trurig. Se dörv gar nich rut in'e warme Sünnschien; un dat Koorn, dat up't Feld seit is, dat wasst so hooch, dat is en ganz dichte Holt för de arme Deern, se is ja man een Toll lang.

„Nu oever Sommer musst du an din Utstüer neihn!", seggt de Feldmuus to ehr, denn nu hett de Naver, de doesige Mulewapp in'e swatte Sammtpelz, um ehr anholen. „Du musst Wulltüüg un Linnentüüg hebben! Du musst wat hebben un sitten un liggen up, wenn du de Mulewapp sin Fruu warrst!"

Tolltrin mutt mit de Handteen[1] spinnen, un de Feldmuus hüert veer Spinnen an, de spinnen un weven Dag un Nacht. Elkeen Avend kümmt de Mulewapp to Besöök un snackt dar denn ümmer vun, wenn de Sommer to Enne geiht, denn schient de Sünn lang' nich mehr so warm, nu brennt 'n ja de Eerde fast as en Steen; ja, wenn de Sommer vörbi is, denn gifft dat Hochtied mit Tolltrin. Man se is gar nich vergnöögt, se kann de doesige Mulewapp nich utstahn. Elkeen Morrn, wenn de Sünn upgeiht, un elkeen Avend, wenn 'n dalgeiht, sliekert se sik ut'e Dör, un wenn de Wind denn de Toppen vun't Koorn deelt, dat se de blaue Himmel sehn kann, denn ward se dar an denken, wo hell un fein dat dar buten is, un se wünscht sik so dull, dat se de leeve Swulk nochmal sehn dörv. Man de kümmt gar nich mehr, de flüggt sachs wied weg in't smucke, gröne Holt.

As dat denn Harvst ward, hett Tolltrin ehr Utstüer ferdig.

„Bi veer Wuchen hest du Hochtied!", seggt de Feldmuus to ehr. Man Tolltrin weent un seggt, se will de doesige Mulewapp nich hebben.

„Och wat!", seggt de Feldmuus, „warr nich obsternaatsch, anners biet ik di mit min witte Tähns! Dat is doch en feine Mann, de du kriggst. So'n swatte Sammtpelz as sin hett nich mal de Königin! Un he

---

[1] Teen = Spindel (dän. ten)

hett wat in Koek un Keller. Dank du de leeve Gott för em!"

Denn schoe'n se Hochtied fiern. De Mulewapp is al dar un will Tolltrin halen. Se schall bi em wahnen, deep nedden ünner de Eerde, un nie nich rutkamen in'e warme Sünn, denn de kann he ja nich utstahn. Dat arme Kind is so trurig, se mutt nu de smucke Sünn adjüs seggen; bi de Feldmuus hett se de doch tominnst vun'e Dör ut sehn durft.

„Adjüs, du helle Sünn!", seggt se un reckt de Arms tohööcht un geiht uck en lütte Stück rut ut de Feldmuus ehr Huus; denn nu is dat Koorn af, un dar stahn blots noch de dröge Stoppeln. „Adjüs, adjüs!", seggt se un sleit ehr lütte Arms um en lütte rode Bloom, de dar steiht. „Grööt de lütte Swulk vun mi, wenn du 'n to sehn kriggst!"

„Quiedewiet, quiedewiet!", seggt dat do mitmal oever ehr Kopp. Se kickt hooch, un do is dat de lütte Swulk, de kümmt dar jüst vörbi. As 'n Tolltrin wies ward, freut 'n sik. Do vertellt se 'n, wo ehr dat towedder is un kriegen de eklige Mulewapp to Mann, un dat se ünner de Eerde wahnen schall, 'nem de Sünn nie nich schienen deit. Se kann sik nich helpen, se mutt dar weenen bi.

„Nu kümmt de kole Winter", seggt de lütte Swulk, „ik fleeg wied weg na de warme Länner, wullt du nich mit? Du kannst bi mi up'e Rügg sitten. Binn di man fast mit din Lievband, denn fleegen wi weg vun de eklige Mulewapp un sin düüstere Stuuv, wied weg oever de Bargen na de warme Länner, 'nem de Sünn smucker schient as hier, 'nem ümmerto Sommer is un feine Blöme blöhn. Fleeg man mit mi, du söte lütte Tolltrin, de min Leven rett' hett, as ik verfraren in'e düüstere Keller in'e Eerde leeg!"

„Ja, ik kaam mit di!", seggt Tolltrin un sett sik bi de Vagel up'e Rügg mit de Fööt up de utbreed'te Flünken, binnt ehr Gördel an een vun de stärkste Feddern fast, un denn flüggt de Swulk hooch in'e Luft, oever Holt un oever See, hooch oever de grote Bargen, 'nem ümmer Snee liggen deit, un Tolltrin freert in'e kole Luft. Man denn krüppt se ünner de Vagel sin warme Feddern un stickt blots ehr lütte Kopp rut, dat se all dat Feine ünner sik sehn kann.

Denn kamen se na de warme Länner. Dar schient de Sünn vel heller as hier, de Himmel is tweemal so hooch, un an Gravens un Tuuns wassen de feinste gröne un blaue Wiendruven. In't Holt hängen Zitronen un Appelsinen an'e Böme, dar rüükt dat na Myrten un Krusemünten, un up'e Straat lopen nüdliche Kinner un spelen mit grote bunte Bottervageln. Man de Swulk flüggt noch wieder weg, un dat ward ümmer smucker. Ünner de smuckste gröne Böme an'e blaue See steiht en lüchten witte Slott ut Marmelsteen ut ole Tieden, de Wienranken slängeln sik an'e hoge Pielers rup; dar ganz baven sünd en Barg Swulkennester, un in een darvun wahnt de Swulk, de Tolltrin up'e Rügg hett.

„Hier is min Huus", seggt de Swulk. „Wenn du di nu sülven een vun de prachtvulle Blöme, de dar nedden wassen, utsöken magst, denn sett ik di dar af, un denn kriggst du dat so nüdlich, as du dat man wünschen kannst."

„Dat weer fein!", seggt se un klappt in ehr lütte Hänne.

47

Dar liggt en grote witte Pieler vun Marmelsteen, de is umfullen un in dree Stücken braken, man dartwüschen wassen de smuckste grote, witte Blöme. De Swulk flüggt dal mit Tolltrin un sett ehr up een vun de breede Bläder. Man wat wunnert se sik! Merrn in'e Bloom sitt en lütte Mann, heel witt un dörsichtig, as wenn he ut Glas weer. Up'e Kopp hett he en nüdliche gollne Kroon un an'e Schullern feine klare Flünken, un he sülven is nich grötter as Tolltrin. Dat is de Engel vun'e Bloom. In elkeen Bloom wahnt dar so'n lütte Mann oder Fruu, man düsse hier is de König oever se all.

„Mein Zeit, wat is he smuck!", fluustert Tolltrin de Swulk to. De lütte Prinz verfehrt sik düchtig vör de Swulk, dat is ja gegen em, so lütt un fien as he is, en gewaltig grote Vagel. Man as he Tolltrin wies ward, do freut he sik, denn se is de allersmuckste Deern, de he jichens sehn hett. Darför nimmt he sin gollne Kroon vun'e Kopp un sett ehr de up un fraagt, wo se heeten deit un um se sin Fruu warrn will, denn schall se Königin oever all de Blomen warrn! Ja, dat is doch mal en Mann, anners as de Peit ehr Soehn oder de Mulewapp mit de swatte Sammtpelz. Darum seggt se „Ja" to de feine Prinz, un vun elkeen Bloom kümmt en Daam oder Herr, so nüdlich, dat is en Lust, un elkeen bringt Tolltrin en Geschenk, man dat beste vun allens is en Paar smucke Flünken vun en grote witte Fleeg. De warrn an Tolltrin ehr Rügg fastmaakt, un denn kann se uck vun Bloom to Bloom fleegen. Dat is all een Freud, un de lütte Swulk sitt baven in ehr Nest un singt för se, so guut as 'n kann, man in't Hart is 'n doch trurig, denn 'n hollt so vel vun Tolltrin un harr sik nie nich vun ehr scheeden wullt.

„Du scha'st nich mehr Tolltrin heeten!", seggt de Blomenengel to ehr. „Dat is keen feine Naam, un du büst so smuck. Bi uns scha'st du Maja heeten!"

„Adjüs! Adjüs!", seggt de lütte Swulk un flüggt wedder weg vun de warme Länner, wied weg na hier baven. Dar hett 'n en lütte Nest liek oever dat Finster, 'nem de Mann wahnt, de Märkens vertellen kann. För em hett 'n „Quiedewiet, quiedewiet!" sungen, un dar hebben wi de ganze Geschicht vun.

De Reiskam'raad

Hannes, de Stackel, is bannig trurig, denn sin Vadder is dull krank un kann nich mehr leven. Dar is keeneen in de lütte Stuuv as blots de beiden. De Lamp up'e Disch is bi un brennen ut, un dat is al ganz laat an'e Avend.

„Du büst ümmer en gude Soehn we'n, Hannes!", seggt de kranke Vadder. „De leeve Gott ward di bestimmt vöranhelpen in'e Welt." He kickt em mit eernsthaftige, fründliche Ogen an, haalt ganz deep Aten – un denn is he doot; dat is rein, as wenn he slapen deit. Do ward Hannes weenen: Nu hett he keeneen mehr up'e ganze Welt, nich Vadder, nich Mudder, nich Süster oder Broder. Arme Hannes! He liggt up'e Kneen vör dat Bett un drückt sin Lippen up'e dode Vadder sin Hand, weent en Masse solte Tranen, man toletzt fallen em de Ogen to, un he slöppt in mit'e Kopp up'e harde Bettkant.

Do hett he en gediegene Droom: He süht, wo Sünn un Maand sik vör em dalbögen, un he süht sin Vadder wedder frisch un risch un hört em lachen, so as he ümmer lacht hett, wenn he richtig vergnöögt we'n is. En feine Deern mit en gollne Kroon up ehr lange smucke Haar gifft Hannes de Hand, un sin Vadder seggt: „Kiek mal, wat du för'n Bruut hest! Dat is de smuckste up'e ganze Welt." Do ward he waak, un all dat Feine is weg, sin Vadder liggt doot un koolt in't Bett, un dar is keeneen bi se. Arme Hannes!

De Wuch darna ward de Dode inkuhlt; Hannes geiht dicht achter't Sarg, kann nu nich mehr sin gude Vadder to seh'n kriegen, 'nem he so vel vun holen hett. He hört, wo se Eerde dalsmieten up't Sarg, süht dar nu de letzte Eck vun, man bi de neegste Schüffelvull, de se dalsmieten, is de uck weg. Do is dat rein, as wenn sin Hart bassen will, so trurig is he. Rundum singen se en Kirchenleed, dat hört sik so fein an, un de Tranen stiegen Hannes in'e Ogen. He weent, un dat deit guut in sin Truer. De Sünn schient fein up'e gröne Böme, as wenn 'n seggen wull: „Du musst nich so trurig we'n, Hannes! Kiek mal, wo fein blau de Himmel is. Dar baven is nu din Vadder un bed't de leeve Gott, dat di dat ümmer guut gahn schall."

„Ik will ümmer guut we'n", seggt Hannes, „denn kaam ik uck rup in'e Himmel na min Vadder, un wat ward dat fein, wenn wi uns weddersehn! Wat kann ik em denn en Masse vertellen, un he wiest mi denn so vel Saken un lehrt mi so vel vun all dat Schöne in'e Himmel, jüst so, as he dat hier up'e Eerde daan hett. Oh, wat ward dat fein!"

Hannes maalt sik dat so düütlich ut, dat he smuus- tern mutt, uck wenn de Tranen em noch de Backen dal lopen. De lütte Vageln sitten baven in'e Kastan- gelboom un quinkeleern „Quiedewiet, quiedewiet!" Se sünd so vergnöögt, uck wenn se mit sünd to Gräff- nis, man se weeten sachs, de Dode is nu baven in'e Himmel, hett Flünken, vel smucker un grötter as se's, is nu glücklich, wiel dat he hier up'e Eerde guut we'n is, un dar freu'n se sik oever. Hannes süht, wo se vun'e gröne Böme wied rutfleegen in'e Welt, un do kriggt he uck so'n Lust un fleegen mit. Man eerst snittjert he en grote Holtkrüüz för un setten up sin Vadder sin Graff, un as he dat to Avend henbringt, do is dat Graff feinmaakt mit Sand un Blöme. Dat hebben frömde Lüüd daan, denn se hebben all en Masse holen vun sin leeve Vadder, de nu doot is.

Fröh an'e neegste Morrn snört Hannes sin Bünnel un stickt sin ganze Arvdeel – föfftig Daler un en paar Schilling – in sin Lievreem, dar will he mit in'e Welt wannern. Man eerst geiht he na de Kirchhoff na sin Vadder sin Graff, sprickt sin „Vadderunser" un seggt: „Adjüs, du leeve Vadder! Ik will ümmer en gude Minsch we'n, un denn kannst du ruhig de leeve Gott beden, dat mi dat guut gahn schall."

Buten up't Feld, 'nem Hannes gahn deit, stahn all de Blöme so frisch un smuck in'e warme Sünnschien, un se nicken in'e Wind, as wullen se seggen: „Willkamen in't Gröne! Is dat nich fein hier?" Man Hannes dreiht sik nochmal um, dat he de ole Kirch nochmal süht, 'nem he as lütte Gör döfft is, 'nem he elkeen Sünndag mit sin ole Vadder to Kirch we'n is un hett sin Kirchenleeder sungen. Do ward he ganz baven in een vun de Luken in'e Toorn de Kirchniss wies mit sin lütte rode, spitze Mütz. De hollt de krumme Arm vör't Gesicht, anners stickt em de Sünn in'e Ogen. Hannes nickt em „Adjüs" to, un de lütte Niss winkt mit sin rode Mütz, leggt sin Hand up't Hart un smitt em en Barg Kussfingern to, dat he doch wiesen deit, wo guut he em dat wünschen deit, un dat he doch jo en glückliche Reis maken schall.

Hannes denkt dar an, wovel feine Saken he nu to sehn kriggt in de grote, feine Welt, un geiht ümmer wieder un wieder, so wied, as he noch nie nich we'n is. He kennt gar nich de Dörper, 'nem he dörchkümmt, un uck nich de Minschen, de he bemött, he is nu wied weg mang frömde Lüüd.

De eerste Nacht mutt he sik to slapen in en Heuhiss up't Feld leggen, en anner Bett hett he nich. Man dat is jüst fein, dücht em, de König kann dat nich beter hebben. Dat heele Feld an'e Au, de Heuhiss un denn de blaue Himmel baven oever, dat is en feine Slaap- kamer. Dat gröne Gras mit de lütte rode un witte Blöme is sin Teppich, de Fleederberbüsche un de wille Rosen in'e Knick sünd sin Rükelbüsche, un as Waterschöttel hett he de heele Au mit dat klare, frische Water, 'nem de Rüüschen sik bögen un „Gu'n Avend" un „Moin" seggen. De Maand is en richtig grote Nachtlamp, ganz baven ünner de blaue Boehn, un de fengt nich de Gardinen an. Hannes kann ganz ruhig slapen, un dat deit he uck, he ward eerst waak, as de Sünn upgeiht un all de lütte Vageln rundum singen „Moin! Moin! Büst du noch nich hooch?"

De Klocken lüden to Kirch, dat is Sünndag, de Lüüd gahn hen un hören de Preester, un Hannes geiht mit se, singt de Kirchenleeder un hört Gotts Woort, un dat is em meist, as seet he in sin eegne Kirch, 'nem he döfft is un Kirchenleeder sungen hett mit sin Vader.

Buten up'e Kirchhoff sünd en Masse Graffstä'n, un up wecken wasst hoge Gras. Do ward Hannes an sin Vadder sin Graff denken, dat ward ja uck mal so- dennig utsehn, nu he dat nich mehr wüd'n un smuck maken kann. Do sett he sik dal un ritt dat Gras ut un stellt de Holtkrüzen wedder up, de umfullen sünd, un leggt de Kränz wedder an se's Platz, de de Wind wegreten hett vun'e Graffstä'n. He denkt: „Vellicht deit dat ja uck mal een bi min Vadder sin Graff, nu ik dat nich doon kann."

Buten vör de Kirchhoffspoort steiht en ole Bedel- mann un stütt' sik up sin Krückstock. Hannes gifft em de Schillings, de he noch hett, un geiht denn glücklich un vergnöögt wieder, rut in de wiede Welt.

Hen to Avend ward dat ganz gresige Wedder, un Hannes süht to un kamen ünner Dack, man bald ward dat düüstere Nacht. Do kümmt he toletzt an en lütte Kirch, de steiht dar ganz alleen baven up en Barg. To'n Glück steiht de Dör up Slemm[1], un he witscht rin; hier will he blieven, bet dat leege Wedder sik leggen deit.

„Hier will ik mi in en Eck setten", denkt he. He is ganz af un mutt sik notwennig en beten utruhn. Do sett he sik dal, foolt de Hänne un seggt sin Avendgebet, un ehrer he dat wies ward, is he inslapen un drööömt, un buten blitzt un dunnert dat.

As he wedder waak ward, is dat merrn in'e Nacht, man dat leege Wedder is oeverwegtrocken, un de Maand schient dör de Finstern rin na em. Merrn up'e Kirchendel steiht en apene Sarg mit en dode Mann in, de schall noch inkuhlt warrn. Hannes is keen Spier bang', he hett ja en gude Geweten, un he weet, de Doden doon een nix; dat sünd blots lebennige, leege Minschen, de een wat andoon. Twee so'n lebennige, leege Minschen stahn dicht bi de Dode, de hier in'e Kirch sett is, ehrer he in't Graff leggt ward. De woe'n sik an em vergriepen, woe'n em nich in sin Sarg liggen laten, se woe'n em rutsmieten vör de Kirchendör, de arme Dode.

„Wat schall dat to?", fraagt Hannes. „Dat is leeg un hört sik nich! Laat em doch in Jesus sin Naam slapen!"

„Och, hol din Sabbel!", seggen de beide leege Keerls. „De Hund hett uns anscheten! He is uns Geld schüllig we'n, dat hett he nich betahlen kunnt, un nu is he

---

[1] up Slemm = angelehnt (dän. på klem)

uck noch doot, un wi kriegen keen Penn! Un dat woe'n wi em richtig anstrieken, he schall as en Hund buten vör de Kirchendör liggen!"

„Ik heff man blots föftig Daler", seggt Hannes, „dat is min ganze Arvdeel, man dat will ik ju geern geven, wenn I mi ehrlich toseggen woe'n, dat I de arme Dode tofreden laten. Ik kaam sachs klaar, uck ahn Geld; ik heff sunne, starke Knaken, un unse Herrgott ward mi al helpen!"

„Ja", seggen de Schietkeerls, „wenn du sodennig sin Schuld betahlen wullt, denn doon wi em uck nix, dar kannst di to verlaten!" Un denn nehmen se dat Geld, dat Hannes se gifft, lachen arig luut oever sin Guutheit un glieden sik af. Man Hannes leggt de Dode wedder in't Sarg torecht, foolt em de Hänne, seggt em „Adjüs" un geiht heel tofreden wieder dör dat grote Holt.

Rundum, 'nem de Maand mang de Böme rinschienen kann, süht he de nüdliche Lütte Lüüd lustig spelen. Se laten sik gar nich stören, se weeten woll, he is en gude, unschüllige Minsch, un dat sünd ja blots de leege Lüüd, de de Lütte Lüüd nich sehn dörven. Wecken vun se sünd nich grötter as en Finger un hebben se's gele Haar hoochstaken mit golle Kämme, twee un twee schaukeln se up'e grote Daudrüppens, de up'e Bläder un dat hoge Gras liggen. Mitünner kümmt de Drüpp in't Rullen, un denn fallen se dal mang de lange Grashalms, un dat gifft Lachen un Larm vun de anner Lütten. Dat is richtig spaßig! Se singen uck, un Hannes kennt ganz düütlich all de smucke Leeder wedder, de he as lütte Jung lehrt hett. Grote bunte Spinnen mit sülverne Kronen up'e Kopp spinnen lange Hängebrügg'en un Palasten vun een Knick na de anner; wenn dar denn de fiene Dau up fallt, sehn se in'e helle Maandschien ut as blanke Glas. Sodennig blifft dat bi, bet de Sünn upgeiht. De Lütte Lüüd krupen denn rin in'e Blomenknuppen, un de Wind kriggt se's Brügg'en un Sloet faat, dat de dörch de Luft fleegen as grote Spinnweven.

Hannes is nu ut't Holt rutkamen, do röppt achter em en lude Mannsstimm: „Höh, Kam'raad, wonem geiht de Reis hen?"

„Rut in'e wiede Welt", seggt Hannes. „Ik heff nich Vadder un nich Mudder, bün en arme Bengel, man unse Herrgott helpt mi sachs."

„Ik will uck rut in'e wiede Welt", seggt de frömde Mann. „Schoe'n wi nich tosamen gahn?"

„Ja, warum nich?", seggt Hannes, un do gahn se tosamen wieder. Dat duert nich lang', do sünd se gude Frünnen, denn se sünd all beid gude Minschen. Man Hannes markt woll, de Frömde is vel klöker as he, he is meist de heele Welt rund reist un weet vun allens moegliche to vertellen, wat dat gifft.

De Sünn steiht al hooch an'e Himmel, as se sik dalsetten ünner en grote Boom för un eten se's Middagsbroot. Do kümmt dar en ole Fruunsminsch an. Oha, se is bannig stoekerig un geiht ganz krumm, stütt' sik up en Krückstock un hett en Bünnel Brennholt up'e Rügg, dat hett se sik in't Holt sammelt. Ehr Schört is hoochbunnen, un Hannes süht, dar kieken dree grote Roden ut Slangenkruut un Wicheltelgens rut. As se ganz dicht bi se is, rutscht se ut mit'e eene Foot, fallt um un schriet luut up. Se hett sik dat Been braken, de arme Oolsch.

Hannes meent, se woe'n ehr man foorts na Huus drägen, 'nem se wahnen deit, man de Frömde maakt sin Ranzel up, haalt dar en Kruuk rut un seggt, he hett dar en Salv, dar kann he ehr Been foorts wedder heel un sund mit maken, un denn kann se alleen na Huus gahn, as wenn se dat Been nie nich braken harr. Man darför schall se em uck de dree Roden schenken, de se in ehr Schört hett.

„Dat is guut betahlt!", seggt de Oolsch un nickt ganz snaaksch mit'e Kopp. Se will ehr Roden nich geern weggeven, man dat is ja uck nix un liggen dar mit ehr tweie Been. Se gifft em denn de Roden, un so draa as he de Salv up ehr Been smert hett, steiht de Oolsch uck al up un kann beter lopen as vörher. Dat maakt de Salv. Man de kriggst uck nich in'e Afthek.

„Wat wullt du mit de dare Roden?", fraagt Hannes nu sin Reiskam'raad.

„Dat sünd dree feine Blomenstrußen", seggt he, „de gefallen mi jüst, ik bün nu mal en gediegene Knupp!"

Denn gahn se noch en gude Stück.

„Oha, dat treckt böös up!", seggt Hannes un wiest vörut. „Dat sünd ja wecke gresig dicke Wulken!"

„Nee", seggt de Reiskam'raad, „dat sünd keen Wulken, dat sünd de Bargen. De feine grote Bargen, 'nem een ganz na baven oever de Wulken in'e frische Luft kümmt! Dat is fein, kannst mi gloven! Morrn sünd wi sachs heel wied buten in'e Welt!"

Dat is man nich so dicht bi, as dat utsehn deit, se moeten noch en heele Dag gahn, ehrer se na de Bargen kamen, 'nem de swatte Woold bet rup na de Himmel wasst un 'nem dar Steens sünd so groot as en heele Stadt. Dat ward sachs en sure Stück un kamen dar ganz roever, man darför gahn Hannes un sin Reiskam'raad uck rin in'e Kroog, dat se sik arig utruhn un frische Knoev sammeln koenen för de Marsch de neegste Dag.

Nedden in'e grote Schankstuuv in'e Kroog sünd en Barg Minschen tohopen, denn dar hett sik en Poppenspeler infunnen. He hett jüst sin lütte Theater upstellt, un de Lüüd sitten rundum för un kieken dat Stück an. Man ganz vörn hett sik en ole dicke Slachter henplantet up'e allerbeste Platz. Sin grote Bullenbieter – oha, de süht mal bet'sch ut! – de sitt blangen em un maakt grote Ogen, jüst so as all de annern.

Nu fangt de Komeedi an, un dat is en feine Komeedi mit en König un en Königin, de sitten up en feine Thron, hebben gollne Kronen up'e Kopp un lange Slepen an't Tüüg, dat koenen se sik leisten. De nüdlichste Holtpoppen mit Glasogen un grote Knebelbaart stahn an all Dören un maken up oder to, dat dar frische Luft in'e Stuuv kamen kann. Dat is en richtig nüdliche Komeedi, un de is gar nich trurig, man jüst as de Königin upsteiht un langs de Del geiht, ja, weet de Deuvel, wat de grote Bullenbieter do in'e Kopp kümmt; man wo de dicke Slachter em nich fastholen deit, jumpt 'n mit een Satz liek rin in't Theater un kriggt de Königin faat merrn um ehr dünne Liev, dat dat „Knick, knack!" seggt. Dat is ganz gresig, is dat!

De arme Keerl, de de heele Komeedi spelen deit, verfehrt sik gewaltig un is heel trurig um sin Königin, denn dat is sin nüdlichste Popp, un nu hett de eklige Bullenbieter ehr de Kopp afbeten. Man as de Lüüd

naher weggahn, seggt de Frömde, de mit Hannes
kamen is, he will ehr woll wedder t'rechtkriegen. Un
denn kriggt he sin Putt her un smert de Popp in mit
de Salv, 'nem he de arme Oolsch mit hulpen hett, as
de dat Been braken harr. Un so draa de Popp in-
smert is, is 'n foorts wedder heel, ja, de kann sogar
sülven all Leden bewegen, een bruukt gar nich an'e
Snoor trecken. De Popp is as en lebennige Minsch,
blots dat 'n nich snacken kann. De Mann, de dat
lütte Poppenthater tohört, freut sik dar düchtig to,
nu mutt he de dare Popp nich mehr holen, de kann
ja alleen danzen. Dat kann keen vun de annern.

As dat naher Nacht ward un all de Lüüd in'e Kroog
sünd to Bett gahn, do is dar een, de süüfzt so gresig
deep un blifft so lang bi, dat se all upstahn un seh'n
woe'n, wokeen dat we'n kann. De Mann, de de Ko-
meedi spelt hett, geiht hen na sin lütte Theater,
denn dar kümmt dat Süüfzen her. All de Holtpoppen
liggen dör'nanner, de König un all de Trabanten, un
de sünd dat, de dar so jammern un mit se's grote
Glasogen glupen doon, denn se wullen uck so geern
smeert warrn, jüst so as de Königin, dat se sik uck
vun alleen roegen koenen. De Königin geiht richtig
dal up'e Kneen un hollt ehr gollne Kroon hooch un
bedelt: „Nimm du de, man smeer min Gemahl un
min Hofflüüd!" Do kann de arme Keerl, de dat
Theater un all de Poppen tohörn, sik nich helpen, em
kamen de Tranen, denn se doon em würklich leed.
He versprickt foorts de Reiskam'raad all dat Geld,
wat he de neegste Avend för sin Komeedi kriggt,
wenn he man blots veer, fiev vun sin beste Poppen
insmeern will. Man de Reiskam'raad seggt, he ver-
langt gar nix anners as de grote Säbel, de he an'e
Siet hett, un as he de kriggt, smeert he söss Poppen,

un de fangen foorts an un danzen, un dat süht so nüdlich ut, dat all de Deerns, de lebennige Minschendeerns, de dar tokieken, foorts mitdanzen. De Kutscher danzt mit de Koeksch, de Deener un de Stuvendeern, all de Frömden, un de Füerschüffel un de Füertang; man de beiden fallen al um bi de eerste Sprung. Ja, dat is en lustige Nacht.

De neegste Morrn maakt Hannes sik mit sin Reiskam'raad up'e Padd, un se gahn rup up'e hoge Bargen un dör de düüstere Dannenhölter. Se kamen so hooch rup, dat de Kirchtoorns ünner se toletzt utsehn as lütte rode Ber'n, dar nedden mang all dat Gröne, un se koenen wied kieken, vele, vele Mielen, 'nem se noch nie nich we'n sünd. So vel smucke Saken vun'e feine Welt hett Hannes noch nie nich up eenmal sehn, un de Sünn schient so warm dör de frische blaue Luft. He hört mang de Bargen uck Jägers up se's Hoorns blasen, dat is allens so fein, he kriggt rein Water in'e Ogen för Freud, un he kann nich anners, he seggt: „Du leeve Gott, ik dank di, dat du so guut büst to uns all un hest uns all dat Schöne schenkt, wat dat up'e Welt gifft!"

De Reiskam'raad steiht uck mit foolte Hänne un kickt rut oever Bargen un Dörper in'e warme Sünnschien. Do klingt dat mitmal so wunnerlich fein oever se's Köppe, un se kieken hooch: Do swevt dar en grote witte Swaan in'e Luft; de is so smuck un singt, as se noch nie nich en Vagel hebben singen hört. Man denn ward 'n ümmer flauer, büggt sin Kopp dal un sackt, ganz langsam, dal vör se's Fööt. Un denn liggt 'n dar un is doot, de smucke Vagel.

„So 'n Paar feine Flünken", seggt de Reiskam'raad, „so witt un groot, as de dare Vagel se hett, de sünd

Geld wert, de will ik mitnehmen. Dar kannst mal sehn, wo guut dat is, dat ik en Säbel heff!" Un denn haut he mit een Slag beide Flünken vun'e dode Swaan, de will he beholen.

Nu reisen se vele, vele Mielen oever de Bargen, bet se upletzt vör sik en grote Stadt wies warrn mit oever hunnert Toorns, de lüchten in'e Sünnschien as Sülver. Merrn in'e Stadt steiht en staatsche Slott ut Marmelsteen, deckt mit rode Gold, un dar wahnt de König.

Hannes un sin Reiskam'raad woe'n nich foorts rin in'e Stadt, se blieven eerstmal in'e Kroog butenvör, dat se sik en beten fein maken koenen, denn se woe'n doch nett utsehn, wenn se up'e Straat kamen. De Kröger vertellt se, de König, dat is so'n feine Mann, de deit nie nich en Minsch wat toleed. Man sin Dochter, Gott bewahre! dat is en leege een. Se lett ja guut nugg, nümms kann so smuck un nüdlich we'n, man wat helpt dat, se is en böse, leege Hex un hett dar Schuld to, dat al so vel feine Prinzen se's Leven tosett hebben. Se hett all Mannslüüd Verlööv geven un holen an um ehr; elkeen kann kamen, um he nu en Prinz is oder en Bedelmann, dat is eendoont. He mutt blots dree Saken raden, 'nem se em na fragen deit; wenn he dat kann, denn so will se em to Mann nehmen, un wenn ehr Vadder dootblifft, schall he König warrn oever dat heele Land. Man kann he dat nich raden, denn lett se em uphängen oder de Kopp afhau'n, so leeg un böös is de dare smucke Prinzessin. Ehr Vadder, de ole König, is dar heel trurig um, man he kann ehr nich verbeeden un we'n so leeg, he hett mal seggt, wat ehr Leevsten angeiht, dar will he sik nie nich mang steken, se kann sülven maken, wat se will. Ümmer, wenn dar en Prinz kümmt un

schall raden för un kriegen de Prinzessin, denn
kriggt he dat nich klaar, un denn ward he uphängt
oder kriggt de Kopp af; se hebben em ja bitieden
wahrschuut, denn harr he dat Friegen man nalaten
kunnt. De ole König is so trurig oever all de Kummer
un dat Elend, dat he in't Jahr een heele Dag up'e
Kneen liggt mit all sin Suldaten un beden deit, dat
de Deern guut we'n mag, man dat will se nich. De ole
Wiever, de Brammwien supen, farven 'n ganz swatt,
ehrer se 'n drinken, so dull truern se, un mehr koe-
nen se ja nich doon.

„So'n eklige Prinzessin!", seggt Hannes. „Se schull
doch würklich en Swaartvull kriegen, dar harr se
mal guut vun. Ik schull man de ole König we'n, ik
wull ehr al dat Fell versahlen!"

Do hören se buten de Lüüd Hurrah ropen. De Prin-
zessin kümmt vörbi, un se is würklich so smuck, dat
all de Lüüd vergeten, wo leeg se is, un darför ropen
se Hurrah. Twölf smucke Deerns rieden blangen ehr,
all in witte Siedenkleeder un mit en gollne Tulipant
in'e Hand up koehlswatte Perde. De Prinzessin sül-
ven hett en sneewitte Perd, rutputzt mit Demanten
un Rubinen, ehr Riedtüüg is vun idel Gold, un de
Pietsch, de se in'e Hand hett, süht ut as en Sünnen-
strahl. De gollne Kroon up ehr Kopp is as lütte
Steerns vun'e Himmel, un de Umhang is ut mehr as
dusend Bottervagelflünken tohopennneiht. Man sül-
ven is se noch vel smucker as all ehr Tüüg.

As Hannes ehr wies ward, kriggt he en heel rode
Kopp, root as frische Bloot, un he kriggt meist keen
Woort rut; de Prinzessin süht ja heel un deel so ut as
de smucke Deern mit de gollne Kroon up, 'nem he de
Nacht vun dröömt hett, as sin Vadder dootbleven is!
Se dücht em so bannig smuck, un he kann sik nich

helpen, he hett ehr foorts bannig leev. Dat is be-
stimmt nich wahr, seggt he, dat se en leege Hex we'n
kann, de de Lüüd uphängen oder de Kopp afhau'n
lett, wenn se nich raden koenen, wat se vun se ver-
langt. „Elkeen dörv ja um ehr anholen, sogar de
ärmste Bedelmann, denn will ik uck mal rup na't
Slott, ik kann nich anners!"

All seggen se, dat schall he nalaten, dat geiht em be-
stimmt jüst so as all de annern. De Reiskam'raad
raad't em uck af, man Hannes meent, dat ward al
guut gahn. He putzt sin Schoh un börstet sin Tüüg,
wascht Gesicht un Hänne, kämmt sin smucke, gele
Haar un geiht denn ganz alleen to Stadt un rup na't
Slott.

„Kumm in!", seggt de ole König, as Hannes an'e Dör
kloppt. Hannes maakt de Dör up, un de ole König, in
Slaaprock un stickte Tüffeln, kümmt em in'e Mööt;
de gollne Kroon hett he up'e Kopp, dat Zepter in'e
eene Hand un de gollne Rieksappel in'e anner.
„Ogenblick!", seggt he un klemmt sik de gollne Appel
ünner de Arm, dat he Hannes de Hand geven kann.
Man as he hört, dat is een, de um sin Dochter ehr
Hand anholen will, do kriggt he sodennig dat Blarrn,
dat Zepter un Rieksappel dalfallen up'e Del un he sik
de Ogen mit sin Slaaprock wischen mutt. De stackels
ole König!

„Laat dat na!", seggt he. „Dat löppt di jüst so up
Schiet ut as all de annern. Kiek di dat blots mal an!"
Un denn geiht he mit Hannes in'e Prinzessin ehr
Lustgaarn, un dar süht dat gresig ut! Baven in elk-
een Boom hängen dree, veer Königssoehns, de um'e
Prinzessin anholen hebben un dat nich hebben raden
kunnt. Bi elkeen Windstoot kloetern all de Knaken,

dat de lütte Vageln bang warrn un sik nie nich in'e dare Gaarn rintruun. All de Blöme sünd an Minschenknaken hoochbunnen, un in'e Blomenpütte stahn Dodenköppe un grienen. Dat is richtig so'n Gaarn för en Prinzessin.

„Dar sühst du dat", seggt de ole König. „Un di ward dat jüst so gahn as all de annern, de du hier sühst, darum laat dat leever na. Du maakst mi würklich unglücklich, denn ik nehm mi dat so neeg!"

Hannes küsst de gude ole König de Hand un seggt, dat ward al guut gahn, denn he mag de smucke Prinzessin so bannig geern lieden.

Do kümmt de Prinzessin sülven mit all ehr Damen in'e Slottshoff reden, un do gahn se rut na ehr un seggen „Gu'n Dag". Se is nüdlich un gifft Hannes de Hand, un he mag ehr nu noch leever lieden as vörher, se kann ganz bestimmt keen böse un leege Hex we'n, as de Lüüd vun ehr seggen. Se gahn rup in'e Saal, un de lütte Deeners beeden se Marmelaad un Pepernoeten an, man de ole König is so trurig, he kann gar nix eten, un denn sünd de Pepernoeten em uck to hart.

Dat ward nu fastleggt, Hannes schall de neegste Morrn wedder up't Slott kamen, denn sünd de Richters un de heele Raat versammelt un hören sik an, wodennig he mit dat Raden t'rechtkümmt. Kümmt he dar guut mit klaar, denn schall he noch tweemal mehr kamen, man dar is noch nie nich een we'n, de dat eerste Mal richtig raden hett, un do hebben se denn se's Leven tosetten musst.

Hannes maakt sik gar keen Sorgen, wodennig em dat gahn ward, he is eenfach vergnöögt, denkt blots an de smucke Prinzessin un gloovt dar fast an, de leeve Gott ward em al helpen, man wodennig dat gahn schall, dat weet he ganz un gar nich, un dar will he uck gar nich an denken. He danzt de Landstraat lang, as he t'rügg na de Kroog geiht, 'nem de Reiskam'raad up em luert.

Hannes kann gar nich upholen un vertellen, wo nett de Prinzessin to em we'n is un wo sööt se is. He kann al meist gar nich aftöven bet de neegste Dag, wenn he rup schall up't Slott un sin Glück mit Raden versöken.

Man de Reiskam'raad schüddelt mit'e Kopp un is ganz trurig. „Ik hol so vel vun di", seggt he. „Wi harrn noch lang' tosamen we'n kunnt, un nu schall ik di al verleern! Du arme, leeve Hannes, ik kunn blarrn, man ik will di de Freud nich verdarven an'e vellicht letzte Avend, de wi tosamen sünd. Wi woe'n lustig we'n, richtig lustig; morrn, wenn du nich mehr dar büst, kann ik denn ja weenen."

All de Lüüd in'e Stadt hebben foorts to weeten kregen, dar is en nüe Frier kamen för de Prinzessin, un darum is dar grote Truer. Dat Theater maakt to, all de Stutenwiever binnen swatte Sleufen um se's Marzipanswiens, de König un de Preesters liggen in'e Kirch up'e Kneen, dar is so'n Truer, denn dat kann Hannes ja nich beter gahn, as dat all de annern Friers gahn is.

Hen to Avend maakt de Reiskam'raad en grote Bool Punsch un seggt to Hannes, nu woe'n se mal richtig lustig we'n un up'e Prinzessin ehr Gesundheit drinken. Man as Hannes twee Glas drunken hett, do ward he upmal so möö', he kann gar nich mehr de Ogen upholen, un he slöppt in. De Reiskam'raad

kriggt em sachten vun'e Stohl un leggt em up't Bett,
un as dat denn düüstere Nacht is, do nimmt he de
beide grote Flünken, de he de Swaan afhaut hett,
binnt se fast an sin Schullern, de gröttste Rood, de
he vun de Oolsch kregen hett, de fullen weer un dat
Been braken harr, de stickt he in'e Tasch, maakt dat
Finster up un flüggt denn rin to Stadt, liek hen na't
Slott. Dar sett he sik in en Eck baven ünner dat
Finster vun de Prinzessin ehr Slaapkamer.

Dat is ganz still in'e heele Stadt. Nu sleit de Klock
Viddel vör twölf, dat Finster geiht up, un de Prin-
zessin flüggt in en grote, witte Umhang un mit lan-
ge, swatte Flünken oever de Stadt rut na en grote
Barg. Man de Reiskam'raad maakt sik unsichtbar,
dat se em nich wies warrn kann, flüggt achterher un
haut de Prinzessin ümmer mit sin Rood, dat dar arig
Bloot kümmt, 'nem he henhaut. Oha, dat is di en
Fahrt dör de Luft, de Wind kriggt ehr Umhang faat,
dat de sik utbreeden deit na all Sieden as so'n grote
Seil vun en Schipp, un de Maand schient dar dörch.

„Wat en Hagel! Wat en Hagel!", seggt de Prinzessin
bi elkeen Slag, de se mit'e Rood kriggt, un dar hett se
guut vun. Toletzt kümmt se denn hen na de Barg un
kloppt dar an. Dat grummelt as Dunner, de Barg
deit sik up un de Prinzessin geiht dar rin. De Reis-
kam'raad geiht mit, em ward keeneen wies, he is ja
unsichtbar. Se gahn dör en grote, lange Gang, 'nem
de Wänne ganz gediegen glinstern, dat kümmt vun
mehr as dusend glöhnige Spinnen, de lopen de Muer
up un dal un lüchten as Füer. Denn kamen se in en
grote Saal, de is buut vun Gold un Sülver, un Blöme
so groot as Sünnenblöme in root un blau lüchten vun
de Wänne. Man keeneen kann de dare Blöme plö-
cken, denn de Stengeln sünd eklige, giftige Slangen,

66

un de Blöten sünd Füer, wat se ut't Muul sleit. De heele Boehn is besett mit lüchten Glemaarsen[1] un himmelblaue Fladdermüüs, de slaan mit de Flünken, dat süht ganz gediegen ut. Merrn up'e Del steiht en Thron, de ward dragen vun veer Perdegerippen mit Toomtüüg vun rode Füerspinnen, de Thron sülven is vun melkwitte Glas, un de Küssens för un sitten up sünd lütte, swatte Müüs, de bieten een de anner in'e Steert. Baven oever is en Dack vun rosenrode Spinnwev, besett mit de nüdlichste lütte gröne Fleegen, de schemern as Eddelsteens.

Merrn up'e Thron sitt en ole Hexenmeister mit en Kroon up sin grimmige Kopp un en Zepter in'e Hand. He gifft de Prinzessin en Söten up'e Vörkopp un lett ehr blangen sik up'e dare feine Thron sitten, un denn geiht de Musik los. Grote, swatte Grashoppers spelen Mundharmonika, un de Uul haut sik up'e Buuk, denn se hett keen Trummel. Dat is en lustige Kunzert. Lütte, swatte Dwargen mit en Irrlicht up'e Mütz danzen in'e Saal rum. Nümms kann de Reiskam'raad seh'n, man he hett sik liek achter de Thron henstellt un hört un süht allens. De Hofflüüd kamen nu uck rin, de sünd so fein un vörnehm, man de richtig henkieken deit, de markt, wat dat darmit up sik hett. Dat sünd man blots Bessenstelen mit Kohlköppe up, dar hett de Hexenmeister Leven rinhext un hett se dat stickte Tüüg geven. Man dat is ja uck eendoont, de warrn ja blots to Prunk bruukt.

As dar nu en beten danzt wurrn is, vertellt de Prinzessin de Hexenmeister, se hett en nüe Frier, un darum fraagt se em, 'nem se woll an denken schall

---

[1] Glemaars (Glem-Aars) = Leuchtkäfer, Glühwürmchen

67

un fragen em na, wenn he de neegste Morrn up't Slott kümmt.

„Pass up!", seggt de Hexenmeister. „Ik will di wat seggen. Du musst ganz wat Eenfaches nehmen, denn so kümmt he dar nie nich up. Denk du an din linke Schoh. Dat raadt he nie nich. Laat em denn de Kopp afhau'n, man denk dar an, wenn du morrn Nacht wedder hier rutkümmst na mi, un bring mi sin Ogen, de will ik upeten!"

De Prinzessin maakt en ganz deepe Knicks un seggt, se will an de Ogen denken. Denn maakt de Hexenmeister de Barg up, un se flüggt wedder na Huus, man de Reiskam'raad mit un prügelt ehr so dull mit de Rood, se ward arig janken oever dat dare dulle Hagelwedder un maakt so gau, as se man kann, dat se dör't Finster in ehr Slaapkamer kümmt. Un de Reiskam'raad flüggt wedder na de Kroog, 'nem Hannes noch in Slaap liggt, nimmt sin Flünken af un leggt sik uck up't Bett, denn he hett woll Grund to un we'n möö'.

Dat is noch ganz fröh an'e Morrn, as Hannes waak ward. De Reiskam'raad steiht uck up un vertellt, he hett vunnacht so'n snaaksche Droom hatt vun'e Prinzessin un ehr Schoh, un seggt, Hannes schall man fragen, um de Prinzessin vellicht hett an ehr linke Schoh dacht. Dat hett he ja in'e Barg vun'e Hexenmeister hört, man dar will he Hannes nix vun vertellen, he seggt blots, he schall fragen, um se hett an ehr linke Schoh dacht.

„Ik kann jüst so guut na dat eene as na dat anner fragen", seggt Hannes, „vellicht is dat ja ganz richtig, wat du dröömt hest, denn ik gloov ümmer noch, unse Herrgott ward mi helpen. Man ik will di doch liekers adjüs seggen, denn raa' ik verkehrt, denn so krieg ik di nie nich wedder to sehn!"

Denn nehmen se een de anner in'e Arms, un Hannes geiht to Stadt un rup na't Slott. De heele Saal is vull mit Minschen, de Richters sitten in se's Lehnstöhle un hebben Dunenküssens ünner de Kopp, denn se hebben ja so vel in'e Kopp to nehmen. De ole König steiht up un wischt sik de Ogen mit en witte Snuuvdook. Denn kümmt de Prinzessin rin, se is noch vel smucker as güstern, un gröt't se all tosamen fründlich, man Hannes gifft se de Hand un seggt: „Moin, du!"

Nu schall Hannes ja raden, wonem se an dacht hett. Och Gott, wo kickt se em fründlich an, man as he seggt, se hett sachs an ehr linke Schoh dacht, do ward se kriedwitt in't Gesicht un bevert an't heele Liev, man dat helpt ehr nich, he hett ja richtig raden!

Verdori, wat freut de ole König sik! He schütt kapeuster[1], dat dat man so'n Aart hett, un all de Lüüd klappen in'e Hänne för em un för Hannes, de nu dat eerste Mal richtig raden hett.

De Reiskam'raad freut sik uck, as he to weeten kriggt, wo fein dat aflapen is. Man Hannes foolt sin Hänne un dankt de leeve Gott, de em sachs uck de beide anner Malen helpen ward. De neegste Dag schall al wedder raden warrn.

De Avend löppt jüst so af as güstern. As Hannes slöppt, flüggt de Reiskam'raad achter de Prinzessin ran rut na de Barg un haut ehr noch duller as dat vörige Mal, denn nu hett he twee Roden nahmen.

---

[1] Verdreht aus „koppheister".

Nümms kriggt em to sehn, un he hört allens. De Prinzessin will an ehr Hännsch denken, un dat vertellt he Hannes wedder so, as wenn dat en Droom we'n is. Do kann Hannes denn ja wedder richtig raden, un dat gifft grote Freud up't Slott. De heele Hoff schütt kapeuster, so as se dat dat letzte Mal bi de König sehn hebben. Man de Prinzessin liggt up't Sofa un will keen Woort seggen. Nu kümmt dat dar up an, um Hannes uck dat drütte Mal kann richtig raden. Geiht dat guut, schall he ja de smucke Prinzessin kriegen un dat heele Königriek arven, wenn de ole König mal dootblifft; raad't he verkehrt, kost' em dat sin Leven, un de Hexenmeister will sin smucke blaue Ogen upfreten.

De Avend vörher geiht Hannes fröh to Bett, seggt sin Avendgebet un slöppt denn ganz geruhig. Man de Reiskam'raad snallt de Flünken up sin Rügg, binnt sik de Säbel um un nimmt all dree Roden mit un flüggt denn na't Slott.

Dat is ganz balkendüüstere Nacht, dat störmt, dat de Dackpannen vun'e Hüser fleegen, un de Böme in'e Gaarn, 'nem de Gerippen an hängen, bögen sik as Reet in'e Wind. Dat blitzt ümmerto, un de Dunner rullt, as wenn dat man een eenzige Dunnerslag is, de de heele Nacht duert. Nu geiht dat Finster up, un de Prinzessin flüggt rut. Se is so bleek as en Dode, man se lacht oever dat leege Wedder, ehr dücht, dat is noch nich dull nugg, ehr witte Umhang küselt in'e Luft rum as en grote Seil vun en Schipp, man de Reiskam'raad pietscht ehr sodennig mit sin dree Roden, dat dat Bloot daldrüppelt up'e Eerde un se toletzt knapp noch fleegen kann. Man upletzt kümmt se doch hen na de Barg.

„Dat hagelt un störmt", seggt se, „so'n Wedder heff ik noch nich belevt."

„Een kann uck to vel vun't Gude kriegen", seggt de Hexenmeister. Denn vertellt se em, Hannes hett uck dat tweete Mal richtig raden. Deit he dat morrn wedder, denn hett he wunnen, denn kann se nie mehr rut kamen na de Barg un kann nie mehr so'n Hexenkünst bedrieven as bet nu; darum is se heel trurig.

„He schall nich richtig raden koenen!", seggt de Hexenmeister. „Ik warr mi al wat infallen laten, 'nem he nie nich an dacht hett! Oder he mutt en noch gröttere Hexenmeister we'n as ik. Man nu woe'n wi lustig we'n!" Un he nimmt de Prinzessin bi beide Hänne, un se danzen rum mit all de lütte Dwargen un Irrlichter, de dar in'e Stuuv sünd. De rode Füerspinnen springen jüst so lustig de Wand up un dal, dat süht ut, as wenn de Füerblomen Funken spütten. De Uul sleit up'e Trummel, de Lämmer piepen un de swatte Grashoppers blasen up'e Mundharmonika. Dat is en lustige Danzvergnögen!

As se denn lang' nugg danzt hebben, mutt de Prinzessin na Huus, anners fehlen se ehr noch up't Slott. De Hexenmeister seggt, he will ehr na Huus bringen, denn sünd se doch noch so lang' tosamen.

Do fleegen se denn afste' in dat leege Wedder, un de Reiskam'raad slitt sin dree Roden up up se's Rügg. So'n Hagelwedder hett de Hexenmeister uck noch nich belevt. Buten vör dat Slott seggt he de Prinzessin adjüs un fluustert ehr to: „Denk an min Kopp." Man de Reiskam'raad hett dat doch hört, un jüst as de Prinzessin dör't Finster in ehr Slaapkamer witschen deit un de Hexenmeister wedder umkehren will, kriggt he em faat bi sin lange swatte Baart un haut mit sin Säbel sin eklige Skrebilkenkopp af liek bi de Schullern, dat ward de Hexenmeister sülven gar nich wies. De Rump smitt he rut in'e See na de Fisch, Man de Kopp dükert he blots mal dal in't Water un binnt 'n denn in sin siedene Snuuvdook, nimmt 'n mit na Huus na de Kroog un leggt sik denn dal to slapen.

De neegste Morrn gifft he Hannes dat Snuuvdook, man he seggt, he schall dat nich upmaken, bet de Prinzessin em fragen deit, wonem se an dacht hett.

Dar sünd so vel Minschen in'e grote Saal up't Slott, se stahn dicht an dicht as Radies in en Bund. De Raatsherrn sitten in se's Stöhle mit de weeke Kopp-küssens, un de ole König hett nüe Tüüg an, de gollne Kroon un dat Zepter sünd poleert, dat süht ganz nüdlich ut. Man de Prinzessin is heel bleek un hett en koehlswatte Kleed an, as schull se to en Gräffnis.

„Wonem heff ik an dacht?", fraagt se Hannes, un foorts maakt he dat Snuuvdook up un verfehrt sik sülven bannig, as he de gresige Hexenmeisterkopp süht. Dat löppt all de Lüüd koolt oever de Rügg, denn dat is gresig un kieken an. Man de Prinzessin sitt dar, as weer se ut Steen, keen Woort kriggt se rut. Toletzt steiht se up un gifft Hannes de Hand, denn he hett ja richtig raden. Se kickt keeneen an, man süüfzt heel deep: „Nu büst du min Herr! Vun-avend maken wi Hochtied!"

„Dat mag ik lieden!", seggt de ole König. „Sodennig moeten wi dat hebben!" All Lüüd ropen Hurrah, de Wachparaad maakt Musik up'e Straat, de Klocken lüden, un de Stutenwiever nehmen de swatte Sleu-fen vun se's Marzipanswiens, denn nu is dar ja idel Freud. Dree ganze braa'ne Ossen, füllt mit Enten un

Höhner, warrn merrn up'e Markt sett, dar kann elkeen sik en Stück vun afsnieden. Ut'e Springborns löppt de beste Wien, un köfft een bi de Bäcker en Schillingskringel, denn kriggt he söss grote Stuten upto, un denn sogar Stuten mit Rosinen in.

An'e Avend is de heele Stadt illumineert, un de Suldaten schöten mit Kanonen, un de Jungs mit Knallarften, un baven up't Slott ward eten un drunken, anstött un rumhoppt, all de vörnehme Herren un de feine Frolleins danzen mit'nanner. Een kann wied hören, wo se singen:

„Juchhei! Hochtied, un Hochtied is hüüt!
Platz gemaakt! Nu woe'n wi danzen
un de Deerns mal rumkuranzen!
Heißa! Hopsa! schall dat gahn,
dat de Röcke oeverslaan!"

Man de Prinzessin is ja noch en Hex un hollt gar nix vun Hannes. Dar ward de Reiskam'raad an denken, un darum gifft he Hannes dree Feddern vun'e Swanenflünken un en lütte Buddel mit wecke Drüppen in un seggt to em, he schall en grote Wann mit Water bi't Bruutbett setten laten. Un wenn de Prinzessin denn in't Bett klarrn will, denn so schall he ehr en lütte Schubbs geven, dat se in't Water fallen deit, un schall ehr dar dreemal in ünnerdükern. Man vörher schall he de Feddern un de Drüppen dar rindoon. Denn so kümmt se frie vun de dare Hexenkraam un hett em denn uck leev.

Hannes maakt allens so, as de Reiskam'raad em dat raden hett. De Prinzessin ward ganz luut schrien, as he ehr ünner Water dükert, un spaddelt ünner sin Hänne as en grote, koehlswatte Swaan mit fürige Ogen. As se dat tweete Mal hoochkümmt baven dat

Water, do is de Swaan witt, bet up een swatte Ring um'e Hals. Hannes bed't fraam to unse Herrgott un lett dat Water to'n drütten Mal oever de Vagel swappen, un foorts ward 'n to de smuckste Prinzessin. Se is noch vel smucker as vörher, un mit Tranen in'e Ogen bedankt se sik bi Hannes, dat he ehr erlöst hett. De neegste Morrn kümmt de ole König mit sin heele Hoffstaat, un dat is een Graleern bet wied in'e Dag rin.

As allerletzte kümmt de Reiskam'raad, he hett sin Stock in'e Hand un sin Ranzel up'e Nack. Hannes fallt em um'e Hals un seggt, he schall doch nich afreisen, he schall bi em blieven, denn he hett ja de Schuld to all sin Glück. Man de Reiskam'raad schüttkoppt un seggt denn sachten un fründlich: „Nee, nu is min Tied um. Ik heff blots min Schuld betahlt. Kannst di noch up'e dode Mann besinnen, de de leege Minschen wat andoon wullen? Du geevst allens, wat du harrst, dat he man Ruh finnen kunn in sin Graff. De dare Dode, dat bün ik!"

Un boots! is he weg.

De Hochtied duert denn en heele Maand. Hannes un de Prinzessin hebben sik so leev, un de ole König belevt noch en Barg vergnöögte Daag un lett se's lütte Kinner up sin Kneen rieden un mit sin Zepter spelen. Man Hannes is König oever dat heele Riek.

De lütte Seejumfer

Wied buten in'e See is dat Water so blau as de smuckste Koornblöme un so klaar as dat reinste Glas. Man dat is bannig deep, deeper as jichens en Ankertau recken deit. Dar musse een al en Masse Kirchtoorns oever'nanner stellen, dat dat vun'e Grund bet oever't Water recken dä. Dar nedden wahnt dat Seevolk.

Nu musst du nich meenen, dat dar blots de naakte, witte Sandborm is. Nee, dar wassen de gediegenste Böme un Planten, de hebben so'n smiedige Stengeln un Bläder, dat se sik bi de lüttste Bewegen vun't Water roegen, as weern se lebennig. All de Fisch, groten un lütten, witschen dör de Telgens, jüst so as de Vageln hier baven in'e Luft. An de allerdeepste Stä' liggt de Seekönig sin Slott. De Muern sünd ut K'rallen un de hoge, spitze Finstern ut de allerklaarste Bernsteen. Dat Dack is ut Muschelschell'n, de gahn up un to, je nadem as dat Water geiht. Dat süht fein ut, denn in all de Muscheln liggen schemern Parlen, dar weer een al en grote Staat in en Königin ehr Kroon vun.

De Seekönig dar nedden is al vele Jahren Wittmann, un sin ole Mudder föhrt em de Huusstand. Se is en kloke Fruu, man se is bannig stolt up ehr Stand, un darum geiht se mit twölf Östers an'e Steert, de anner vörnehme Lüüd dörven blots söss hebben. Anners is dat en ganze feine Fruu, vör allen, wiel se so bannig vel vun'e lütte Seeprinzessinnen holen deit, ehr Soehn sin Döchter. Dat sünd söss feine Deerns, man de jüngste is de smuckste vun se all. Ehr Huut is so rein un schier as en Rosenblatt, ehr Ogen so blau as de deepste See, man jüst so as all de annern hett se keen Fööt, an't Enne vun ehr Rump sitt en Fisch-steert.

De heele lange Dag koenen se nedden in't Slott spe-len, in'e grote Saalen, 'nem lebennige Blöme ut'e Wänne wassen. Denn warrn de grote Bernsteen-finstern upmaakt, un denn swümmen de Fisch liek rin na se, so as bi uns de Swulken rinfleegen, wenn wi opmaken, man de Fisch swümmen liek hen na de lütte Prinzessinnen, freten se ut'e Hand un laten sik eien.

Buten vör't Slott liggt en grote Gaarn mit füerrode un düüsterblaue Böme, de Appeln un Ber'n un wat dar an wassen deit, dat schemert as Gold un de Blö-ten as lebennige Füer, denn de Stengeln un Bläder sünd ümmer in'e Gangen. De Grund is vun'e feinste Sand, man blau as en Swevelflamm. Oever dat Ganze dar nedden liggt so'n gediegene blaue Sche-mer, een schull meist gloven, een stunn hoch baven in'e Luft un nich nedden up'e Grund vun'e See. Wenn dat windstill is, kann een de Sünn wies warrn, de süht denn ut as en Purpurbloom, 'nem ut'e Kelk all dat Licht rutkümmt.

Elkeen vun de lütte Prinzessinnen hett ehr lütte Plack in'e Gaarn, 'nem se graven un planten kann, as se will. De eene gifft ehr Blomenbett dat Utsehn vun en Wallfisch, en anner dücht dar mehr um, wenn ehr utsehn deit as en lütte Seejumfer, man de jüngste maakt ehr Bett rund, so as de Sünn, un se hett blots Blöme, de so root lüchten as de. Se is en gediegene Deern, still un nadenkern, un wo de anner Süstern se's Stücken utstaffeern mit de wunner-lichste Kraam, wat se vun ünnergahne Schep haalt hebben, will se – blangen de rosenrode Blöme, de so utsehn as de Sünn dar baven – dar will se blots en smucke Bild vun Marmelsteen hebben, en feine Jung is dat, uthaut ut witte, klare Steen un bi de Ünnergang vun en Schipp dalkamen up'e Seegrund. Se plantet dar en rosenrode Truerwichel bi, de wasst dar fein un hängt dar mit de frische Telgens oever dal na de blaue Sandgrund, 'nem de Schatten sik vigelett wiest un jüst so in'e Gangen is as de Telgens. Dat süht ut, as wullen Kroon un Wuddeln mit'nanner spelen un sik Sötens geven.

Nix maakt ehr mehr Spaaß as hören vun de Minschenwelt baven oever. De ole Oma mutt allens vertellen, wat se weet vun Schep un Städer, Minschen un Deerten; afsünnerlich fein dücht ehr, dat baven up'e Eerde de Blöme rüken, dat doon se ja nich up'e Grund vun'e See, un dat dat Holt grön is un dat de Fisch, de 'n mang de Telgens seh'n kann, so luut un so fein singen koenen, dat dat en Lust is. Mit de Fisch meent de Oma de lütte Vageln, dar seggt se Fisch to, denn anners koenen se ehr ja nich verstahn, en Vagel hebben se ja noch nie nich sehn.

„Wenn I föftein Jahr oold sünd", seggt de Oma, „denn dörven I updükern ut'e See, in'e Maandschien up'e Steens sitten un na de grote Schep kieken, de dar vörbiseilen, un Holt un Städer kriegen I denn to seh'n." Neegstes Jahr ward de eene vun'e Süstern föftein, man de annern, na ja, de eene is ümmer een Jahr jünger as de anner, un sodennig mutt de jüngste vun se noch ganze fief Jahr töven, bet se rupkamen dörv vun'e Grund vun'e See un sehn, wodennig dat bi uns utschn deit. Man de eene seggt de anner to, se will vertellen, wat se de eerste Dag sehn hett un wat ehr an besten dücht hett; denn se's Oma vertellt se ja lang' nich nugg, dar is so vel, 'nem se Bescheed vun weeten moeten.

Keen lengt so dull as de jüngste, jüst de, de noch an längsten luern mutt un de so still un nadenkern is. Männig en Nacht steiht se an't apene Finster un kickt na baven dör dat düüsterblaue Water, 'nem de Fisch mit se's Flossen un Steerten slaan. Maand un Steerns kann se seh'n, de schienen ja man heel blass, man dör't Water sehn se arig wat grötter ut as för unse Ogen. Glitt dar denn mal sowat as en swatte Schatten ünner se dörch, denn weet se, dat is en Wallfisch, de oever ehr swümmen deit, oder en Schipp mit en Barg Minschen in. De denken dar wiss nich an, dat dar nedden en söte lütte Seejumfer steiht un ehr witte Hänne hoochreckt na de Kiel.

Nu is denn de öllste Prinzessin föftein Jahr un dörv upstiegen oever de Speegel vun de See.

As se wedderkümmt, hett se hunnert Saken to vertellen, man dat beste, seggt se, dat is un liggen in'e Maandschien up en Sandbank in'e ruhige See un seh'n dicht bi de Küst de grote Stadt, 'nem de Lichten blinkern as hunnert Steerns, un hör'n de Larm un Spektakel vun Wagens un Minschen, seh'n all de vele Kirchtoorns un hören de Klocken lüden. Jüst darum, dat se dar nich rupkamen kann, lengt se dar an allermeisten na.

Oha, wat hört de jüngste Süster nipp to, un wenn se naher avends an't apene Finster steiht un dör dat düüsterblaue Water na baven kieken deit, denn denkt se an de grote Stadt mit all de Larm un Spektakel, un do dücht ehr, se kann de Kirchenklocken lüden hör'n bet dal na ehr.

Dat neegste Jahr dörv de tweete Süster dör't Water upstiegen un henswümmen, 'nem se will. Se dükert up, jüst as de Sünn dalgeiht, un so as *dat* utsehn deit, dat dücht ehr dat feinste. De heele Himmel hett utsehn as Gold, vertellt se naher, un de Wulken, ja, dat lett sik gar nich beschrieven, so smuck as de we'n sünd. Rot un vigelett sünd se oever ehr wegseilt, man vel gauer is as so'n lange, witte Sleier en Flock wille Swaans oever dat Water flagen, 'nem de Sünn stahn hett. Se is dar up to swummen, man do is 'n ünnergahn, un de Rosenschemer up Seespeegel un Wulken is verswunnen.

Een Jahr later is de drütte Süster an'e Reeg, dat is de frechste vun se all, un sodennig swümmt se en breede Stroom hooch, de in'e See münnen deit. Feine gröne Bargen mit Wienranken süht se, Sloet un Hoef kieken ut prachtvulle Holt rut. Se hört all de Vageln singen, un de Sünn schient so warm, se mutt ümmer wedder ünner Water dükern un köhlen ehr Gesicht, dat brennt so dull. In en lütte Bucht bemött se en ganze Flock lütte Minschenkinner, de lopen dar heel nakelt un planschen in't Water. Se will mit se spelen, man do warrn se bang' un lopen weg. Un do kümmt dar en lütte, swatte Deert – dat is en Hund, man se hett ja noch nie nich en Hund sehn –, un de bellt ehr so gresig an, do ward se bang' un glitt sik af rut in'e apene See. Man nie nich kann se dat feine gröne Holt vergeten un de gröne Bargen un de nüdliche Kinner, de up't Water swümmen koenen, liekers se keen Fischsteert hebben.

De veerte Süster hett nich so'n Kraasch, se blifft buten merrn up'e wille See, un se vertellt, dat is jüst dat beste. Se hett mielenwiet um sik rumkieken kunnt, un de Himmel baven oever is as so'n grote

Glasklock we'n. Schep hett se sehn, man wied weg, de hebben utsehn as Strandmöwen, de lustige Dümmlers hebben kapeusterschaten, un de grote Wallfischen hebben Water ut se's Näsenlöcker speutet, dat hett utsehn as hunnert Springborns rundum.

Denn is de föfte Süster an'e Reeg. Ehr Geburtsdag fallt jüst in'e Winter, un darför süht se Saken, de de annern bi't eerste Mal nich to seh'n kregen hebben. De See lett heel grön, un rundum swümmen grote Iesbargen, de sehn all ut as Parlen, seggt se, un sünd doch vel grötter as de Kirchtaarns, de de Minschen buun. In'e gediegenste Formen wiesen se sik un glinstern as Demanten. Se hett sik up een vun de gröttsten sett, un all de Seilers hebben sik verfehrt un sünd buten um de Stä' rumkrüüzt, 'nem se seten hett un hett ehr lange Haar in'e Wind weihn laten. Man to Avend hett de Himmel sik mit Wulken betrocken, dat hett blitzt un dunnert, un de swatte See hett de grote Iesblöcke ganz hooch böhrt un in'e rode Blitzen blinkern laten. Up all de Schep hebben se de Seils inhaalt, dat is een Angst un Grugen we'n, man se hett ruhig up ehr swümmen Iesbarg seten un de blaue Blitz in Zickzack dalgahn sehn in'e blinken See.

Ümmer wenn een vun de Süstern dat eerste Mal oever Water kümmt, is se ganz hen un weg vun all dat Nüe un Smucke, wat se to seh'n kriggt, man nu, as utwussene Deerns, dörven se dar ja rupstiegen, wannehr se woe'n, un do is se dat all eendoont, se lengen wedder na Huus, un na en Maand seggen se, nedden bi se is dat doch an allerschönsten, un dar föhlt 'n sik so fein to Huus.

Männig en Avend kriegen de fief Süstern sik bi se Arms un stiegen in een Reeg up oever dat Water. Feine Stimmen hebben se, smucker as jichens en Minsch, un wenn dar denn en Storm uptreckt un se annehmen koenen, dat dar vellicht Schep ünnergahn, denn swümmen se vör de Schep un singen dar so fein vun, wo smuck dat up'e Grund vun'e See is, un dat de Seelüüd doch nich bang' we'n schoe'n vör un kamen dar dal. Man de koenen de Wöör nich verstahn, se meenen, dat is de Storm, un se kriegen all dat Feine dar nedden uck nich to seh'n, denn wenn dat Schipp ünnergeiht, versupen de Minschen un kamen blots as Lieken na de Seekönig sin Slott.

Wenn de Süstern sodennig avends Arm in Arm dör de See na baven stiegen, denn blifft de lütte Süster ganz alleen stahn un kickt se achterna, un dat is ehr, as wenn se blarrn mutt, man en Seejumfer hett keen Tranen, un sodennig mutt se noch duller lieden.

„Ach, wenn ik man eerst föftein weer!", seggt se. „Ik weet, de Welt dar oever uns ward mi gefallen un de Minschen, de dar baven wahnen."

Na, upletzt hett se denn ja ehr föftein Jahr vull.

„So, denn sünd wi di nu uck los", seggt ehr Oma, de ole Königswittfruu. „Kumm, laat mi di mal en beten utstaffeern, so as din anner Süstern." Un do sett se ehr en Kranz up't Haar vun witte Lilgen, man elkeen Blomenblatt is en halve Parl. Un de Oolsch lett acht grote Östers sik an'e Prinzessin ehr Steert fastklemmen för un wiesen ehr hoge Stand.

„Dat deit weh!", seggt de lütte Seejumfer.

„Ja, de smuck we'n will, mutt lieden!", seggt de Oolsch.

Och, se harr de dare ganze Pracht an leevsten af-
schüddelt un de sware Kranz afnahmen. Ehr rode
Blöme in'e Gaarn stahn ehr vel beter to Gesicht, man
se truut sik nich un ännern dat. „Adjüs!", seggt se un
stiggt so licht un klaar as en Luftblaas dör dat Water
na baven.

De Sünn is jüst ünnergahn, as se ehr Kopp oever de
Speegel vun'e See bören deit, man de Wulken schie-
nen all noch as Rosen un Gold, un merrn in'e rosa
Luft strahlt de Avendsteern so klaar un smuck, de
Luft is mild un frisch un de See liggt boomstill. Dar
liggt en grote Schipp mit dree Masten, een Seil is
blots hooch, denn dar roegt sik keen Wind, un rund-
um in't Tauwark un up'e Raaen sitten Matrosen. Dar
is Musik un Gesang, un as de Avend düüsterer ward,
warrn hunnert bunte Lichten anmaakt; dat süht ut,
as wenn de Flaggen vun alle Länner in'e Luft weihn.
De lütte Seejumfer swümmt liek hen na dat Kajü-
tenfinster, un ümmer, wenn dat Water ehr hooch-
böhren deit, kann se dör de klare Ruten rinkieken,
'nem en Barg upputzte Minschen stahn. Man de
smuckste vun se all is de junge Prinz mit de grote,
swatte Ogen, de is wiss nich vel oever sösstein Jahr.
He hett vundaag Geburtsdag, darum all de dare Sta-
hoi[1]. De Matrosen danzen an Deck, un as de junge
Prinz denn rutpedd'n deit, stiegen oever hunnert
Raketen rup in'e Luft, de lüchten as de klare Dag.
De lütte Seejumfer verfehrt sik dar rein bi un dükert
ünner Water, man nich lang', do stickt se ehr Kopp
wedder rut, un do is dat, as wenn all de Steerns
vun'e Himmel na ehr dalfallen. So'n Füerkunst-
stücken hett se noch nie nich sehn. Grote Sünnen

---

[1] Stahoi = Aufwand, Aufhebens (dän. ståhej)

snurren in'e Runne, prachtvulle Füerfisch swingen sik in'e blaue Luft, un allens speegelt sik in'e klare, stille See. Up't Schipp sülven is dat so hell, een kann elkeen lütte Tau sehn, eerst recht de Minschen. Oh, wat is de junge Prinz doch smuck, un he gifft de Lüüd de Hand, lacht un smuustert, un de Musik spelt dör de feine Nacht.

Dat ward laat, man de lütte Seejumfer kann de Ogen nich afwennen vun dat Schipp un vun de smucke Prinz. De bunte Lichter warrn utmaakt, dar stiegen keen Raketen mehr hooch, dar ward uck nich mehr mit Kanonen schaten, man nedden in'e See, dar summt un brummt dat. Wieldes sitt se up't Water un schaukelt up un dal, dat se in'e Kajüt rinkieken kann. Man dat Schipp fahrt ümmer gauer, een Seil na dat anner spreedt sik ut, de Bülgen warrn duller, grote Wulken trecken up, wiet weg blitzt dat. Oha, dat gifft en dulle Wedder! Darum halen de Matrosen de Seils in. Dat grote Schipp geiht up un dal in fleegen Fahrt up'e wille See. Dat Water stiggt tohööcht as grote, swatte Bargen, de oever de Mast rinbreken woe'n. Man as en Swaan dükert dat Schipp dal mang de hoge Bülgen un lett sik denn wedder hochböhren up dat toornhoge Water. De lütte Seejumfer dücht, dat is richtig so'n lustige Fahrt, man dat dücht de Seelüüd nu gar nich. Dat Schipp knackt un knarrt, de dicke Planken bögen sik, so dull as de See dargegen stöten deit. De Mast brickt merrn dörch as so'n Strohhalm, dat Schipp krängt oever, un dat Water löppt in'e Ruum. Do markt de lütte Seejumfer, se sünd in Gefahr, se mutt sülven uppassen vör de Balkens un Stücken vun dat Schipp, de dar up dat Water drieven. En Ogenblick is dat so pickendüüster, dat se keen Spier mehr seh'n kann, man wenn dat denn blitzen deit, ward dat wedder so hell, se kann all de Lüüd up't Schipp kennen. Elkeen helpt sik so guut, as he kann. Vör allen kickt se na de junge Prinz ut, un as dat Schipp vuneen brickt, süht se em dalsacken in'e deepe See. Foorts ward se bannig vergnöögt, denn nu kümmt he ja dal na ehr, man denn ward se dar an denken, Minschen koenen ja nich leven in't Water, un na ehr Vadder sin Slott kann he blots as Liek kamen. Nee, dootblieven, dat schall he nich! Darum swümmt se hen mang de Balkens un Planken, de dar up'e See drieven, se vergitt rein, dat de ehr to Grus un Mus hau'n kunnen. Se dükert deep ünner Water un stiggt wedder hooch up mang de Bülgen, un sodennig kümmt se toletzt hen na de junge Prinz. De kann meist nich mehr swümmen in de stormen See, sin Arms un Beens warrn bi lütten flau, de smucke Ogen gahn dicht, he harr dootblieven musst, weer nich de lütte Seejumfer kamen. De hollt sin Kopp oever Water un lett de Bülgen ehr mit em hendrieven, 'nem se woe'n.

De neegste Morrn is dat leege Wedder vörbi. Vun dat Schipp is nich en Spier mehr to sehn, de Sünn stiggt root un blank ut't Water tohööcht, un dat is, as wenn de Prinz sin Backen dar Leven vun kriegen, man de Ogen blieven dicht. De Seejumfer drückt em en Söten up sin hoge, smucke Vörkopp un strickt em dat natte Haar t'rügg. Ehr dücht, he süht ut as dat Marmelsteenbild nedden in ehr lütte Gaarn. Se drückt em noch een up un wünscht sik, he schall doch man jo leven.

Nu süht se vör sik dat faste Land, hoge blaue Bargen mit witte Snee baven up, dat lücht't, as leegen dar wecke Swaans. Nedden an'e Küst is en feine gröne Holt, un darvör liggt en Kirch oder en Kloster, genau weet se dat nich, man jichens so'n Buuwark is dat. In'e Gaarn wassen Zitronen- un Appelsinenböme, un vör de Poort stahn hoge Palmen. De See maakt hier en lütte Bucht, de liggt heel still, man is bannig deep, ganz bet hen na dat Kliff, 'nem de witte Sand upspölt is. Dar swümmt se hen mit de smucke Prinz un leggt em in'e Sand, man se passt up, dat he mit de Kopp hooch in'e warme Sünnschien to liggen kümmt.

Nu lüden de Klocken in dat grote witte Huus, un dar kamen en Barg junge Deerns dör de Gaarn. Do swümmt de lütte Seejumfer wieder rut achter wecke hoge Steens, de dar ut't Water kieken. Se leggt Seeschuum up ehr Haar un up ehr Bost, dat keeneen ehr lütte Gesicht wies warrn kann, un denn passt se up, wokeen dar na de stackels Prinz henkamen deit.

Dat duert nich lang', do kümmt dar en junge Deern hen. As dat schient, verfehrt se sik düchtig, man blots en lütte Ogenblick, denn haalt se mehr Minschen, un de Seejumfer süht, de Prinz kümmt to sik, un he lacht all um em rum to, man rut na ehr lacht he nich. He weet ja uck nich, dat se em rett' hett. Se is so benaut um't Hart, un as se em in dat grote Huus rinbringen, dükert se trurig dal in't Water un swümmt na Huus na ehr Vadder sin Slott.

Se is ja al ümmer still un nadenkern we'n, man nu ward se dat noch mehr. Ehr Süstern fragen ehr, wat se to seh'n kregen hett dat eerste Mal dar baven, man se will nix naseggen.

Männig en Avend un Morrn stiggt se dar tohööcht, 'nem se de Prinz t'rügglaten hett. Se süht, wo de Appeln un Bern'n un Zitronen un Appelsinen in'e Gaarn riep warrn un afplöckt warrn, se süht, wo de

Snee up'e Bargen smölten deit, man de Prinz kriggt se nich to seh'n, un darum swümmt se elkeen Mal noch truriger na Huus. Ehr eenzige Troost is un sitten in ehr lütte Gaarn mit de Arms um dat smucke Marmelsteenbild, wat so utsehn deit as de Prinz, man ehr Blöme passt se nich, de wassen wild dör'nanner oever de Stieg'en un flechten se's lange Stilken un Bläder mang de Telgens vun'e Böme, un sodennig is dat dar heel düüster.

Toletzt kann se dat nich mehr utholen, un do vertellt se dat een vun ehr Süstern, un do kriegen de annern dat uck foorts to weeten, man mehr uck nich as blots de un en paar anner Seejumfern, de dat uck blots se's neegste Fründinnen wiedervertellen. Een vun se weet Bescheed, wokeen de Prinz is, se hett uck de Stahoi up't Schipp sehn un weet, wonem he her is un wonem sin Königriek liggen deit.

„Kumm, lütte Süster!", seggen de anner Prinzessinnen, un mit de Arms vun'e eene um'e Schullern vun'e anner stiegen se in en lange Reeg up ut'e See vör de Stä', 'nem se weeten, dar liggt de Prinz sin Slott.

Dat is upbuut vun en Slag Steens, de lüchten hellgel, mit grote Treppen vun Marmelsteen, un een darvun geiht liek dal in'e See. Prachtvulle vergoldte Kuppeln recken sik hooch oever't Dack, un mang de Pielers, de dar rund um't heele Huus gahn, stahn Marmelsteenbiller, de sehn ut, as wenn se lebennig sünd. Dör dat klare Glas in de hoge Finstern kann een rinkieken in'e feine Saalen, 'nem düre Siedengardinen un Teppichen uphängt sünd, un all de Wänne sünd utstaffeert mit grote Biller, dat is en Lust un kieken dat an. Merrn in'e gröttste Saal ploetert en grote Springborn, de Strahlen gahn wied tohööcht na de

Glaskuppel in'e Boehn, 'nem de Sünn dörchschienen deit up't Water un up de feine Planten, de dar in dat grote Waterbecken wassen.

Nu weet se denn ja, wonem he wahnt, un dar kümmt se männig en Avend un Nacht hen up't Water; se swümmt vel dichter an't Land ran, as de annern sik truut hebben, ja se geiht ganz rin in de lütte Kanal ünner de prachtvulle Balkon vun Marmelsteen, de en lange Schatten oever't Water smitt. Dar sitt se denn un kickt na de junge Prinz – un he meent, he is dar ganz alleen in'e klare Maandschien.

Männig en Avend süht se em mit Musik in sin feine Boot seilen, un de Fahnen weihn. Se kickt denn mang dat gröne Reet rut, un wenn de Wind ehr lange sülverwitte Sleier faatkriggt, meenen se, dat is en Swaan, de sin Flünken roegt.

Faken bi Nacht, wenn de Fischers up See liggen un en Füer maakt hebben, denn hört se se so vel Gudes vertellen vun'e junge Prinz, un denn freut se sik, dat se em dat Leven rett' hett, un se denkt dar an, wo fast sin Kopp an ehr Bost legen hett, un wo dull se em do wecken updrückt hett. He weet dar ja gar nix vun, kann nich mal vun ehr drömen.

Ümmer leever hett se de Minschen, un ümmer duller wünscht se sik, se kunn upstiegen mang se; se's Welt, dücht ehr, de is ja vel grötter as ehr Welt. Se koenen ja up Schep oever de See fleegen un up'e hoge Bargen baven oever de Wulken stiegen, un dat Land, wat se tohören deit, reckt mit Holt un Feller wieder, as se kieken kann. Dar is so vel, wat se geern weeten wull, man de Süstern weeten uck nich up allens to antern, un do fraagt se denn de ole Oma, un de weet guut Bescheed vun'e högere Welt, as se de Länner baven de See ganz richtig nömen deit.

„Wenn de Minschen nich versupen", fraagt de lütte Seejumfer, „leven se denn för ümmer, blieven se nich doot, so as wi hier nedden in'e See?"

„Doch, doch", seggt de Oolsch, „de moeten uck starven, un se's Levenstied is sogar körter as unse. Wi koenen dreehunnert Jahr oold warrn, man wenn wi denn nich mehr an't Leven sünd, warrn wi nix as Schuum up't Water, hebben nich mal en Graff hier nedden mang unse Leevsten. Wi hebben ja keen ewige Seel, wi warrn nie nich wedder lebennig, wi sünd as dat gröne Reet, is dat mal afsneden, denn kann dat nich wedder grön warrn. Man de Minschen, de hebben en Seel, de levt ewig, levt uck, wenn dat Liev to Stoff wurrn is. De stiggt up dör de klare Luft, rup na all de blinken Steerns. Jüst so, as wi updükern ut'e See un dat Land vun'e Minschen sehn, so dükern se up na feine Stä'en, de keeneen kennt un de wi nie nich to seh'n kriegen."

„Warum hebben wi denn keen ewige Seel kregen?", seggt de lütte Seejumfer heel trurig. „Ik wull geern all min dreehunnert Jahr, de ik to leven heff, hergeven, wenn ik man een Dag en Minsch we'n kunn un naher Deel hebben an'e Himmelswelt!"

„Dar scha'st du man gar nich an denken!", seggt de Oolsch. „Uns geiht dat vel glücklicher un beter as de Minschen dar baven."

„Denn schall ik dootblieven un as Schuum up'e See drieven, nich de Musik vun'e Bülgen hören un de feine Blöme un de rode Sünn sehn! Kann ik denn gar nix doon för un kriegen en ewige Seel?" –

„Nee", seggt de Oolsch, „blots wenn en Minsch di so leev hett, dat du em mehr bedüden deist as Vadder un Mudder. Wenn he mit all sin Gedanken un Leev an di hängen deit un vun en Preester sin rechte Hand in din leggen lett un di verspreken deit, dat he di truu we'n will hier un in Ewigkeit, denn so geiht sin Seel roever in din Liev un du hest uck Deel an de Minschen se's Glück. Denn gifft he di en Seel un behollt doch sin. Man dat kann nie nich scheh'n! Wat jüst as smuck gellen deit hier in'e See, so as din Fischsteert, dat dücht se grimmig[1] dar baven up'e Eerde, de weeten dat nich beter, dar mutt 'n twee so'n tumpige Stütten hebben för un we'n smuck, Beens seggen se darto."

Do süüfzt de lütte Seejumfer un kickt trurig ehr Fischsteert an.

„Laat uns man vergnöögt we'n", seggt de Oolsch, „hoppen un springen woe'n wi in de dreehunnert Jahr, de wi to leven hebben, dat is ja doch Tied nugg, naher kann 'n sik denn um so vergnöglicher utruhn in sin Graff. Vunavend is Hoffball."

Dat is di aver uck en Pracht, so wat kriggt 'n an Land nie nich to seh'n. De Wänne un de Boehn vun'e grote Danzsaal sünd vun dicke Glas, man heel klaar. En paar hunnert gewaltige Muschelschellen, rosenroot un grasgröön, stahn in Reegen up elkeen Siet, un dar brennt en blaue Füer in; dat maakt de heele Saal hell un schient dör de Wänne, dat de See butenvör uck ganz hell is. Een kann all de vele Fisch seh'n, de dar na de Glasmuer henswümmen, bi wecken lüchten de Schuppen purpurroot, bi annern sehn se

---

[1] grimmig = hässlich

ut as Sülver un Gold. Merrn dör de Saal löppt en breede Strom, dar danzen Seekeerls un Seejumfern up to se's eegne, smucke Gesang. So'n smucke Stimmen hebben de Minschen an Land nich. De lütte Seejumfer singt an smucksten vun se all, un se klappen in'e Hänne för ehr, un för en Ogenblick föhlt se Freud in ehr Hart, denn se weet, se hett de smuckste Stimm vun all an Land un in'e See. Man denn ward se wedder an de Welt baven oever ehr denken. Se kann de smucke Prinz nich vergeten un ehr Truer, dat se nich, so as he, en ewige Seel hett. Darum sliekert se sik rut ut ehr Vadder sin Slott, un wieldes binnen allens een Singen un Lachen is, sitt se trurig in ehr lütte Gaarn. Do hört se de Musik vun Hoorns dalklingen dör dat Water, un se denkt: „Nu seilt he wiss dar baven lang, he, de ik leever heff as Vadder un Mudder, he, 'nem min Gedanken an hängen un in de sin Hand ik min Levensglück leggen will. Allens will ik wagen för un kriegen em un en ewige Seel. Wieldes min Süstern dar binnen in min Vadder sin Slott danzen, will ik na de Seehex gahn. Vör ehr bün ik ümmer bang' we'n, man se kann mi vellicht raden un helpen."

Do geiht de lütte Seejumfer rut ut ehr Gaarn, hen na de brusen Mahlstrooms, 'nem de Hex achter wahnen deit. De dare Weg is se noch nie nich gahn. Dar wassen keen Blöme, keen Seegras, blots de naakte, griese Sandborm spreed't sik vör de Mahlstrooms, 'nem dat Water rumküßelt as brusen Moehlenroe' un allens, wat dat faatkriggt, mit sik dalrieten deit in'e Deepde. Merrn mang düsse Küßels, de allens tonicht slaan, mutt se dörch för un kamen in de Seehex ehr Rebeet, un en lange Enne is dar keen anner Weg as oever warme, blubbern Mudd, ehr Torfmoor seggt de

Hex darto. Darachter liggt ehr Huus merrn in en heel gediegene Holt. All de Böme un Büsche sünd Polypen, halv Deert un halv Plant, de sehn ut as Slangen mit hunnert Köppe, de ut'e Grund rutwassen. All de Telgens sünd lange, glitschige Arms mit Fingern as smiedige Wörms, un Lidd um Lidd bewegen se sik vun'e Wuddel bet na de buterste Spitz. Allens, wat se in'e See faatkriegen koenen, dar slängeln se sik fast um rum un laten dat nie nich wedder los. De lütte Seejumfer blifft heel verfehrt butenvör stahn. Ehr Hart kloppt vör Angst, meist harr se bidreiht, man denn ward se an'e Prinz denken un an'e Minschenseel, un do begrippt se sik un kriggt wedder Kraasch. Ehr lange, flattern Haar binnt se sik fast um'e Kopp, dat de Polypen ehr dar nich in faat kriegen, ehr Hänne leggt se oever de Bost tosamen, un denn flüggt se afste', so as Fisch dör't Water fleegen koenen, rin mang de eklige Polypen, de se's smiedige Arms un Fingern na ehr recken. Se süht, wo elk vun se wat hett, wat 'n sik grepen hett, Hunnerte vun lütte Arms holen dat fast as starke Iesenbänner. Minschen, de up See umkamen sünd un dar deep dalsackt sünd, kieken as witte Gerippen mang de Arms vun'e Polypen rut. Schippsroren un Kisten holen se fast, Gerippen vun Landdeerten, un en lütte Seejumfer, de hebben se fungen un dootdrückt. Dat is för ehr meist noch dat Gresigste.

Nu kümmt se an en grote, glitschige Platz in't Holt, 'nem grote, fette Waterslangen sik rumwöltern un se's eklige wittgele Buuk wiesen. Merrn up'e Platz is en Huus buut vun'e witte Knaken vun Minschen, de afsapen sünd. Dar sitt de Seehex un lett en Peit ut ehr Mund eten, so as Minschen en Karnalljenvagel

91

Zucker eten laten. De eklige, fette Waterslangen, seggt se, sünd ehr lütte Kükens, un de lett se up ehr grote, swammige Bost rumkrupen.

„Ik weet al, wat du wullt", seggt de Seehex, „un dat is bannig doesig vun di! Liekers scha'st du din Willen hebben, denn de ward di in't Unglück bringen, min söte Prinzessin. Du wullt geern din Fischsteert los- warrn un darför twee Stummeln hebben för un gahn up, so as de Minschen, darmit de junge Prinz di leev hebben kann un du em kriegen kannst un en ewige Seel." Un denn lacht se so luud un gresig, dat de Peit un de Slangen dalfallen an'e Grund un dar rum- ampeln. „Du kümmst jüst to rechte Tied", seggt de Hex, „wenn morrn de Sünn upgeiht, kann ik di nich mehr helpen, ehrer wedder en Jahr rum is. Ik will di en Drunk bruen, dar musst du mit an Land swüm- men, ehrer de Sünn upgeiht, un di an't Över setten un dat dar denn drinken. Denn deelt sik din Steert un schrumpelt in to smucke Beens, as de Minschen darto seggen, man dat deit weh, dat is, as wenn dar en scharpe Swert dör di dörgeiht. All, de di sehn, warrn seggen, du büst dat smuckste Minschenkind, dat se jichens sehn hebben. Du behollst din sweven Gang, keen Danzdeern kann so sweven as du. Man elkeen Schritt, de du maakst, is, as wenn du up en scharpe Mess pedd'n deist. Wullt du all dat utholen? Schall ik di helpen?"

„Ja!", seggt de lütte Seejumfer mit bevern Stimm un denkt an'e Prinz un daran, dat se en ewige Seel win- nen kann.

„Man denk dar an", seggt de Hex, „wenn du eerstmal en Minsch wurrn büst, denn kannst du nie nich wed- der en Seejumfer warrn! Du kannst nie nich dör dat Water dalstiegen na din Süstern un na din Vadder sin Slott, un winnst du nich de Prinz sin Leev, dat he um dinetwegen Vadder un Mudder vergitt, mit all sin Gedanken blots an di hängt un vun'e Preester jues Hänne tohopenleggen lett, dat I Mann un Fruu warrn, denn kriggst du uck keen ewige Seel! De eerste Morrn, wenn he mit en anner een verheiraad't is, denn mutt din Hart bassen, un du warrst Schuum up't Water."

„Ik will dat!", seggt de lütte Seejumfer un is blass as de Dood.

„Aver mi musst du uck betahlen", seggt de Hex, „un dat is nich wenig, wat ik verlang'. Du hest de smuck- ste Stimm vun all hier nedden up'e Grund vun'e See. Dar, meenst du, kriggst du em sachs mit behext, man de dare Stimm scha'st du mi geven. Dat beste, wat du hest, will ik hebben för min Drunk. Ik mutt di dar ja min eegne Bloot in geven, dat de Drunk arig scharp ward as en tweesniedig Swert!"

„Man wenn du mi min Stimm nimmst", seggt de lütte Seejumfer, „wat heff ik denn noch na?"

„Din smucke Utsehn", seggt de Hex, „din sweven Gang un de Blick vun din Ogen, dar kannst du sachs en Minschenhart mit besnirren. Na, hest keen Kraasch mehr? Stek man din lütte Tung rut, denn snied ik 'n af as Betahlen, un denn kriggst du de starke Drunk."

„Denn man to!", seggt de lütte Seejumfer, un de Hex sett de Ketel up för un kaken de Hexendrunk. „Geiht nix oever de Rendlichkeit!", seggt se un wischt de Ketel ut mit de Slangen, de binnt se in en Knütt. Denn snitt se sik in'e Bost un lett ehr swatte Bloot dar dallopen. De Damp maakt de wunnerlichste

Figuren, dar kann een rein angst un bang' bi warrn. All Ogenblick deit de Hex wat Nües in'e Ketel, un as dat düchtig kaken deit, do is dat, as wenn en Krokodill weent. Toletzt is de Drunk ferdig, un de süht ut as dat klaarste Water.

„Dar hest du 'n!", seggt de Hex un snitt de lütte Seejumfer de Tung af; nu is se stumm un kann nich mehr singen noch snacken.

„Wenn de Polypen di faatkriegen, wenn du t'rügg geihst dör min Holt", seggt de Hex, „denn smiet man blots een Drüpp vun düsse Drunk up se, denn bassen se's Arms un Fingern in dusend Stücken!" Man dat hett de lütte Seejumfer gar nich nödig, de Polypen warrn bang' un glieden sik foorts af, as se de lüchten Drunk in ehr Hand sehn, de funkelt as en Steern. Sodennig kümmt se gau dör dat Holt, dat Moor un de brusen Mahlstrooms.

Se kann ehr Vadder sin Slott sehn; de Lichten in de grote Danzsaal sünd ut. Se slapen sachts all dar binnen, man se truut sik doch nich un gahn dar hen, nu se stumm is un för ümmer vun se weggahn will. Ehr is, as wenn ehr Hart vör Kummer bassen will. Se sliekert sik in'e Gaarn, nimmt een Bloom vun elk Süster ehr Blomenblick, smitt dusend Kussfingern na't Slott roever un stiggt denn na baven dör de düüsterblaue See.

De Sünn is noch nich rutkamen, as se de Prinz sin Slott up Sicht kriggt un up'e prächtige Marmelsteentrepp rupgeiht. De Maand schient fein hell. Do kriggt de lütte Seejumfer sik de brennen scharpe Drunk to Bost, un dat is, as gung en tweesniedig Swert dör ehr fiene Liev. Dar beswiemt se vun un

94

liggt as doot. As de Sünn oever de See schient, ward
se waak, un se föhlt, wo ehr Wehdaag piern, man
liek vör ehr steiht de smucke junge Prinz. He kickt
ehr an mit sin koehlswatte Ogen, un do sleit se ehr
Ogen dal un süht, ehr Fischsteert is weg, un se hett
de nüdlichste lütte, witte Beens, de en lütte Deern
man hebben kann. Man se is ganz nakelt, un darför
sleit se ehr lange Haar um sik. De Prinz fraagt, wo-
keen se is un wodennig se dar henkamen is, un se
kickt em fründlich un doch so trurig an mit ehr düü-
sterblaue Ogen, snacken kann se ja nich. Do nimmt
he ehr bi de Hand un geiht mit ehr rin in't Slott.
Elkeen Schritt, de se maakt, is so, as de Hex ehr dat
vörutseggt hett, as wenn se up spitze Sühlen un
scharpe Messen pedd't, man dat nimmt se geern up
sik. An'e Prinz sin Hand stiggt se so licht na baven
as en Luftblaas, un all wunnern se sik, wo licht-
föötsch se geiht, as wenn se sweven deit.

Feine Tüüg vun Sied un Musselin kriggt se an, in't
Slott is se de smuckste vun se all, man se is ja
stumm, kann nich singen noch snacken. Smukke
Deerns, rutputzt mit Sülver un Gold, kamen un sin-
gen för de Prinz un sin Vadder un Mudder; een is
dar, de singt smucker as all de annern, un de Prinz
klappt in'e Hänne un lacht ehr an, do ward de lütte
Seejumfer trurig, se weet ja, se hett sülven noch vel
smucker sungen! Un se denkt: „He schull man wee-
ten, dat ik – blots för un we'n bi em – min Stimm för
ümmer weggeven heff."

Denn danzen de Deerns lichtföötsch un sweven to de
feinste Musik. Do böhrt de lütte Seejumfer ehr smu-
cke witte Arms hooch, stellt sik up'e Tehnspitzen un
swevt oever de Del un danzt, as noch keeneen danzt
hett. Bi elkeen Bewegen wiest sik dat ümmer mehr,

wo smuck se is, un ehr Ogen gahn deeper to Harten as dat Singen vun'e Deerns.

All sünd se dar ganz weg vun, vör allen de Prinz. Se is sin lütte Finnelkind, seggt he, un se danzt un danzt, liekers dat elkeen Mal, wenn ehr Foot up'e Eerde kümmt, so is, as wenn se up scharpe Messen pedden deit. De Prinz seggt, se schall ümmer bi em we'n, un se dörv buten sin Dör up en Sammtküssen slapen.

He lett Mannstüüg neihn för ehr, dat se to Perd mit em kamen kann. Se rieden dör dat duften Holt, 'nem de gröne Telgens ehr up'e Schuller slaan un de lütte Vageln achter frische Bläder singen. Se klarrt mit de Prinz up'e hoge Bargen; do warrn ehr fiene Fööt so dull blödden, dat de annern dat wies warrn, man se lacht dar blots oever un geiht mit em, bet se de Wulken ünner sik segeln sehn as so'n Flock Treckvageln.

To Huus, up'e Prinz sin Slott, wenn dar de annern bi Nacht slapen, denn geiht se rut up'e breede Marmelsteentrepp, un dat köhlt ehr brennen Fööt un stahn in dat kole Seewater, un denn denkt se an de dar nedden in'e Deepde.

Een Nacht kamen ehr Süstern Arm in Arm, se singen so trurig, wieldes se oever Water swümmen, un se winkt se to, un se kennen ehr un vertellen, wo trurig se se all maakt hett. Vun do an besöken se ehr elkeen Nacht, un een Nacht süht se wied buten de ole Oma, de is vele Jahren nich oever de Seespeegel we'n, un de Seekönig mit sin Kroon up'e Kopp, de recken de Hänne na ehr, man se truu'n sik lang' nich so wied ran an't Land as de Süstern.

Dag för Dag hett de Prinz ehr leever, he hett ehr so geern, as man en leeve lütte Kind geern hett, man dat fallt em gar nich in un maken ehr to sin Königin. Un sin Fruu mutt se ja warrn, anners kriggt se keen ewige Seel, man ward an sin Hochtiedsmorrn to Schuum up'e See.

„Bün ik di nich an meisten mang all de annern?", schienen de lütte Seejumfer ehr Ogen to seggen, wenn he ehr in'e Arms nimmt un ehr een up ehr smucke Vörkopp updrücken deit.

„Ja, du büst mi an leevsten", seggt de Prinz, „denn du hest dat beste Hart vun se all, du hängst an dullsten an mi, un du sühst en junge Deern liek, de heff ik mal sehn, man ik finn ehr wiss nie nich wedder. Ik weer up en Schipp, dat is ünnergahn, un de Bülgen hebben mi an Land dreven bi en hillige Tempel, dar dä'n wecke junge Deerns Deenst, un de jüngste funn mi an'e Strand un hett min Leven redd't, de heff ik man tweemal sehn. Se is de eenzige, de ik leev hebben kann up düsse Welt, man du sühst ehr liek, du schüffst meistto ehr Bild rut ut min Seel; se hört ja to de hillige Tempel, un darum hett dat Glück mi di schickt. Nie nich woe'n wi vuneen gahn!" – „Och, he weet ja nich, dat *ik* sin Leven redd't heff!", denkt de lütte Seejumfer, „ik heff em over de See dragen hen na dat Holt, 'nem de Tempel steiht, ik heff achter de Schuum seten un uppasst, um dar nich Lüüd kamen. Ik heff de smucke Deern sehn, de he leever hett as mi!" Un de lütte Seejumfer süüfzt mal deep up, weenen kann se nich. „De Deern hört to de hillige Tempel, hett he seggt, de kümmt nie nich rut in'e Welt, se kriegen sik nich wedder to seh'n. Ik bün bi em, seh em Dag för Dag, ik will em plegen, em leev hebben, min Leven för em geven."

Man nu schall de Prinz heiraden un de Naverkönig sin smucke Dochter kriegen, so ward vertellt, darum rüst't he en prächtige Schipp ut. Dat heet ja, de Prinz geiht up Reisen för un kieken de Naverkönig sin Land an, man dat is för un bekieken de Naverkönig sin Dochter, un he schall en grote Folg mithebben. Man de lütte Seejumfer schüttkoppt un lacht, se kenn de Prinz sin Gedanken vel beter as all de annern. „Ik mutt up Reisen", hett he to ehr seggt, „ik mutt de smucke Prinzessin bekieken, min Vadder un Mudder woe'n dat so hebben, man mi dwingen, dat ik ehr heiraden do, dat woe'n se nich. Ik kann ehr nich leev hebben! Se süht nich so ut as de smucke Deern in'e Tempel, de du liek sehn deist. Wenn ik mi würklich mal en Bruut utsöken schull, denn büst du dat vel ehrer, min stumme Finnelkind mit de snacken Ogen." Un he gifft ehr en Söten up ehr rode Mund, spelt mit ehr lange Haar un leggt sin Kopp an ehr Hart, dat dat drömen ward vun Minschenglück un en ewige Seel.

„Du büst doch nich bang' vör de See, min stumme Kind", seggt he, as se up dat prächtige Schipp stahn, dat se na de Naverkönig sin Land bringen schall. Un he vertellt ehr vun Storm un stille Wind, vun wunnerliche Fisch in'e Deepde un wat de Dükers dar nedden sehn hebben. Un se smuustergrient bi sin Vertellen, se weet ja beter Bescheed vun'e Seegrund as man een.

In de maandhelle Nacht, as se all slapen — bet up'e Stüermann, de steiht an't Roor — sitt se an'e Reeling un kickt dal dör dat klare Water, un ehr dücht, se kann ehr Vadder sin Slott sehn, un ganz baven up steiht de ole Oma mit de sülverne Kroon up'e Kopp un gluupt hoch dör de striken Stroom na de Kiel vun't Schipp. Do kamen ehr Süstern rup oever dat Water, se kieken ehr trurig an un wringen se's witte

Hänne. Se winkt se to un lacht un will vertellen, ehr geiht dat guut un se is glücklich, man do kümmt de Schippsjung an, un de Süstern dükern dal, un he meent, dat Witte, wat he sehn hett, is Schuum up'e See.

De neegste Morrn seilt dat Schipp rin in'e Haven bi de Naverkönig sin grote Stadt. All Kirchenklocken lüden, un vun de hoge Toorns ward in Posaunen blaast, un de Suldaten stahn mit weihen Fahnen un blinken Bangenetten. Elkeen Dag hett sin Fest. Ball un Gastbott wesseln sik af, man de Prinzessin is noch gar nich dar. Se ward wied weg in en hillige Tempel uptrocken, seggen se, dar lehrt se allens, wat en Königin weeten mutt. Man upletzt kümmt se denn an.

De lütte Seejumfer steiht un jiepert darna un sehn, wo smuck se is, un se mutt togeven, en smuckere Gestalt hett se nie nich sehn. Ehr Huut is so fien un witt, un achter de lange, düüstere Ogenhaar lacht en Paar swattblaue, true Ogen.

„Dat büst *du* ja!", seggt de Prinz, „du, de mi rett't hett, as ik as doot an'e Küst leeg!" Un he nimmt sin Bruut in'e Arms un drückt ehr, dat se sik root ansteken deit. „O, wat bün ik glücklich!", seggt he to de lütte Seejumfer. „Dat Beste, 'nem ik nie nich vun drömen kunn, is för mi wahr wurrn. Du warrst di freu'n to min Glück, denn du hollst an meisten vun mi mang se all!" Un de lütte Seejumfer küsst em de Hand, un ehr dücht, se markt al, wo ehr Hart bassen will. Sin Hochtiedsmorrn gifft ehr ja de Dood un maakt ehr to Schuum up'e See.

All Kirchenklocken lüden, allerwegens in'e Straten ward dat Verlöövnis bekannt maakt. Up all Altaren

99

brennt duften Öl in sülverne Lampen. De Preesters swingen Rökerfoet, un Bruut un Brüdigam geven sik de Hand un kriegen de Bischop sin Segen. De lütte Seejumfer steiht darbi in Sied un Gold un hollt de Bruut ehr Slep, man ehr Ohr hört nich de festliche Musik, ehr Oog süht nich de hillige Fier. Se denkt an ehr Doodsnacht, an allens, wat se verlaren hett up düsse Welt.

Noch desülve Avend gahn Bruut un Brüdigam up't Schipp, de Kanonen dunnern, all Flaggen weih'n, un merrn up't Schipp is en kostbare Telt upslaan vun Gold un Purpur un mit de feinste Küssens, dar schall dat Bruutpaar de dare stille, köhlige Nacht slapen.

De Seils swillen in'e Wind, un dat Schipp glitt licht un ahn groot Bewegen hen oever de klare See.

As dat düüster ward, warrn bunte Lichten anfengt, un de Seelüüd danzen lustige Dänz up't Deck. De lütte Seejumfer ward dar an denken, as se dat eerste Mal updükert is ut'e See un hett desülve Pracht un Freud sehn, un se küßelt mit in'e Danz, swevt, as de Swulk sweven deit, wenn 'n jaagt ward, un all jubeln se ehr to un bewunnern ehr, so fein hett se noch nie nich danzt. Dat snitt ehr in ehr fiene Fööt as mit scharpe Messen, man se föhlt dat nich; dat snitt ehr vel duller in't Hart. Se weet ja, dat is de letzte Avend, dat se em seh'n deit, för de se ehr Lüüd un ehr Tohuus verlaten, ehr smucke Stimm hergeven un elkeen Dag gresige Qualen leden hett, ahn dat he dar wat vun ahnt hett. Dat is de letzte Nacht, dat se desülve Luft atent as he, up ehr töven de deepe See un de steernenblaue Himmel, en ewige Nacht ahn Gedanken un Droom, up ehr, de keen Seel hett un uck keen winnen kann. Un up't Schipp is allens Freud un Lustigkeit bet lang' na Middernacht, un se lacht un danzt un denkt in ehr Hart an'e Dood. De Prinz küsst sin smucke Bruut, un se spelt mit sin swatte Haar, un Arm in Arm gahn se to Ruh in dat prächtige Telt.

Dat ward heel still up't Schipp, blots de Stüermann steiht an't Roor. De lütte Seejumfer leggt ehr witte Arms up'e Reeling un kickt na Oosten, na't Morrnroot, se weet, de eerste Sünnenstrahl maakt ehr doot. Do süht se ehr Süstern ut'e See upstiegen, se sünd bleek, jüst so as se. Se's lange smucke Haar weiht nich mehr in'e Wind, dat is afsneden.

„Wi hebben dat de Hex geven, dat se uns Hülp bringen schull, dat du nich düsse Nacht dootblieven musst. Se hett uns en Mess geven, kiek hier! Sühst du, wo scharp dat is? Ehrer de Sünn upgeiht, musst du dat de Prinz in't Hart jagen, un wenn denn sin warme Bloot up din Fööt drüppelt, denn wassen se tosamen to en Fischsteert, un du warrst wedder en Seejumfer un kannst dalkamen na uns in't Water un din dreehunnert Jahr leven, ehrer du to dode, solte Seeschuum warrst. Seh to! Een vun ju mutt starven, ehrer de Sünn upgeiht, he oder du! Unse ole Oma truert, dat ehr witte Haar utfullen is, so as unse fullen is för de Hex ehr Scheer. Maak de Prinz doot un kumm t'rügg! Maak to, sühst du de rode Striepen an'e Himmel? Bi en paar Minuten geiht de Sünn up, un denn musst du starven!" Un mit en wunnerlich deepe Süüfzen versacken se in'e Bülgen.

De lütte Seejumfer treckt de Purpurdek an't Telt bisiet, un do süht se de smucke Bruut slapen mit ehr Kopp up'e Prinz sin Bost, un do böögt se sik dal un küsst em up sin smucke Vörkopp. Se kickt na de

Himmel, 'nem dat Morrnroot ümmer duller lüchten deit, kickt up dat scharpe Mess un richt't ehr Ogen wedder up'e Prinz, de in'e Droom sin Bruut ehr Naam nöömt, blots se is noch in sin Gedanken. Dat Mess bevert in'e Seejumfer ehr Hand, man denn smitt se dat wied rut in'e Bülgen. De lüchten root up, 'nem dat fallen deit, dat süht ut, as kamen dar Blootdrüppen hooch ut't Water. Nochmal kickt se mit halv braken Blick de Prinz an, denn stört't se sik vun't Schipp dal in'e See, un se föhlt, wo ehr Liev sik in Schuum uplösen deit.

Nu stiggt de Sünn tohööcht ut'e See. De Strahlen fallen so mild un warm up de doodkole Seeschuum, un de lütte Seejumfer föhlt gar nix vun'e Dood, se süht de klare Sünn, un baven oever ehr sweven Hunnerte vun dörsichtige, smucke Gestalten. Se kann dör se dör de witte Seils vun dat Schipp un de rode Wulken an'e Himmel sehn; se's Stimmen sünd en Melodie, man so geistig, dat keen Minschenohr dat hören kann, jüst so as keen Minschenoog se wies warrn kann. Se sünd so licht, dat se ahn Flünken dör de Luft sweven. Un de lütte Seejumfer süht, se sülven hett jüst so'n Liev as de, dat stiggt mehr un mehr tohööcht ut'e Schuum.

„Wonem kaam ik nu hen?", fraagt se, un ehr Stimm hört sik jüst so an as de vun de anner Gestalten, so geistig, dat keen Eerdenmusik dat weddergeven kann.

„Na de Luftdöchter!", seggen de annern. „De Seejumfer hett keen ewige Seel, kann uck nie nich een kriegen, wenn se nich de Leev vun en Minsch winnen kann. Vun en frömde Macht hängt dat af, wat in Ewigkeit ut ehr ward. De Luftdöchter hebben uck keen ewige Seel, man se koenen sik sülven een

102

schaffen, wenn se Gudes doon. Wi fleegen na de warme Länner, 'nem de lummerige Pestluft de Minschen dootmaakt; dar weih'n wi se Köhlen to. Wi verdeelen de Ruch vun'e Blöme dör de Luft un quicken un heelen. Wenn wi uns dreehunnert Jahr anstrengt hebben un hebben allens Gude daan, wat wi koenen, denn kriegen wi en ewige Seel un hebben Andeel an de Minschen se's ewige Glück. Du stackels lütte Seejumfer hest mit din ganze Hart na datsülve strevt as wi, du hest leden un gedüllig dragen un büst upstegen in'e Welt vun de Luftgeister. Nu kannst du di sülven dör gude Doon bi dreehunnert Jahr en ewige Seel verschaffen."

Un de lütte Seejumfer reckt ehr klare Arms hoch na Gott sin Sünn, un to'n eersten Mal föhlt se Tranen. Up't Schipp is wedder Larm un Leven, se süht de Prinz mit sin smucke Bruut, wo se na ehr söken; wehmödig kieken se up'e blubbern Schuum, as wenn se weeten, dat se sik in'e Bülgen stört't hett. Unsichtbar küsst se de Bruut ehr Vörkopp, lacht em to un stiggt mit de anner Luftkinner rup up'e rosenrode Wulk, de dar in'e Luft seilt. „Bi dreehunnert Jahr sweven wi sodennig rin in Gott sin Riek!"

„Wi koenen dar uck al ehrer henkamen!", fluustert een. „Unsichtbar sweven wi rin in de Minschen se's Hüser, 'nem Kinner sünd, un för elkeen Dag, wo wi en gude Kind finnen, dat sin Vadder un Mudder Freud maakt un se's Leev verdeent, maakt Gott unse Proovtied körter. Dat Kind weet dar nix vun, wenn wi dör de Stuuv fleegen, un wenn wi dar denn vör Freud oever smuustern, denn ward een Jahr vun de dreehunnert aftrocken. Man sehn wi en balstürige un leege Kind, denn moeten wi vull Truer weenen, un elkeen Traan leggt een Dag to unse Proovtied to."

De Kaiser sin nüe Tüüg

Dar hett vör vele Jahren mal en Kaiser levt, de is ganz wild we'n na smucke, nüe Tüüg, so wild, dat he all sin Geld utgeven hett för un staffeern sik düchtig ut. He hett sik nich um sin Suldaten quält, he hett sik nix ut Theater maakt oder Spazeerfahrten in't Holt, dat hett he allens blots daan för un wiesen sin nüe Tüüg up. För elkeen Stunn vun'e Dag hett he en anner Antog hatt, un so as man anners vun en König seggt: „He sitt in'e Raat", so hebben se vun em ümmer seggt: „De Kaiser steiht vör't Kleederschapp."

In de grote Stadt, 'nem he wahnt hett, dar is dat bannig vergnöögt togahn, elkeen Dag sünd dar en Barg Frömden kamen, un mal kamen dar uck twee Spitzboven. De seggen, se sünd Wevers un se koenen dat feinste Tüüg weven, wat een sik denken kann. Nich blots de Klören un Munsters sünd oever de Maten smuck, nee, de Antog, de vun dat dare Tüüg neiht ward, hett dat Gediegene an sik, dat 'n nich to seh'n is för en Minsch, de nich to sin Amt döcht oder gresig dumm is.

„Dat is ja wat feine Tüüg", denkt de Kaiser, „wenn ik dat anheff, kann ik dar achter kamen, wat för Lüüd in min Riek to dat Amt, wat se hebben, nich doegen, ik kann de Kloken vun de Dummen ünnerscheeden! Ja, so'n Tüüg mutt foorts för mi wevt warrn." Un he gifft de beide Spitzboven en Barg Geld in'e Hand, dat se mit se's Arbeit anfangen.

Se stellen uck richtig twee Wevstöhl up un doon, as wenn se arbeiten, man se hebben dar afsluut nix up. Frieweg verlangen se de fienste Sied un dat prachtvullste Gold. Dat doon se all in se's eegne Paas un arbeiden mit de leddige Wevstöhl, un dat bet laat in'e Nacht.

„Schall mi mal verlangen, wo wied se mit dat Tüüg sünd", denkt de Kaiser, man he is richtig en beten benaut, wenn he dar an denkt, dat een, de dumm is oder nich to sin Amt passen deit, dat de dat nich seh'n kann. För sik sülven, meent he ja, bruukt he dar nich bang um we'n, man he will doch leever eerst anners een henschicken för un kieken, wodennig dat steiht. All de Lüüd in'e Stadt weeten, wat för'n wunnerbare Kraft dat dare Tüüg hett, un all jiepern se darna un seh'n, wo doesig oder dumm se's Naver is.

„Ik will man min ole, ehrliche Minister henschicken na de Wevers", denkt de Kaiser, „de kann an besten seh'n, wodennig dat Tüüg sik utnehmen deit, denn he hett wat in'e Kopp, un keeneen passt sin Amt beter as he."

Do geiht de ole brave Minister denn rin in'e Saal, 'nem de beide Spitzboven sitten un arbeiten an'e leddige Wevstöhl. „Gott bewahre!", denkt de ole Minister un ritt de Ogen wied up, „ik kann ja gar nix seh'n!" Man dat lett he jo nich luut warrn.

De beide Spitzboven seggen, he schall doch man so guut we'n un kamen neeger, un se fragen em, um dat nich is en smucke Munster un wat he to de dare feine Klören seggt. Un se wiesen up'e leddige Wevstohl, un de stackels ole Minister sparrt ümmer noch de Ogen wied up, man he kann nix wies warrn, denn dar is ja nix. „Du leeve Gott", denkt he, „schull ik dumm we'n? Dat heff ik eegentlich nie nich gloovt, un dat dörv uck jo keeneen weeten! Schull ik nich doegen to min Amt? Nee, dat kümmt nich in Fraag, dat ik segg, ik kann dat Tüüg nich seh'n!"

„Na, Se seggen ja gar nix!‟, seggt de eene Wever.

„O, wat is dat fein, allerbest!‟, seggt de ole Minister un kickt dör sin Brill. „Dat dare Munster un de dare Klören! Ja, ik will de Kaiser seggen, dat gefallt mi ganz grootaardig!‟

„Na, dat freut uns aver!‟, seggen de beide Wevers, un denn nömen se de Klören, un vertellen vun dat gediegene Munster. De ole Minister hört nipp to, dat he datsülve seggen kann, wenn he wedder na de Kaiser kümmt, un dat deit he denn uck.

Nu verlangen de Hallunken mehr Geld, mehr Sied un mehr Gold, dat bruken se to't Weven, seggen se. Se steken dat allens in se's eegne Tasch, up'e Wevstöhl kümmt nich een Spier, man se blieven bi as vördem un weven up'e leddige Wevstohl.

Nich lang', do schickt de Kaiser en anner brave Beamte hen un kieken, wodennig dat geiht mit dat Weven un um dat Tüüg bald ferdig is. Em geiht dat jüst so as de anner, he kickt un kickt, man dar is ja nix as de leddige Wevstöhl, un darum kann he uck nix wies warrn.

„Na, is dat nich en smucke Stück Tüüg?‟, seggen de beide Spitzboven un wiesen un verklaren dat feine Munster, wat gar nich dar is.

„Dumm bün ik nich!‟, denkt de Mann. „Denn doeg ik nich to min gude Amt? Kann ja woll nich angahn! Man dat dörv 'n sik ja jo nich anmarken laten.‟ Un denn laavt de dat Tüüg, dat he nich seh'n deit, un seggt, he freut sik bannig to de smucke Klören un dat feine Munster. „Ja, dat is ganz wunnerbar!‟ seggt he to de Kaiser.

All de Lüüd in'e Stadt snacken vun dat prachtvulle Tüüg.

Nu will de Kaiser dat denn sülven bekieken, solang' as dat noch up'e Wevstohl is. Mit en ganze Flock utsöchte Lüüd, darmang uck de beide ole, brave Beamten, de al dar we'n sünd, geiht he hen na de beide plietsche Spitzboven, de nu weven, wat dat Tüüg hollt, man ahn Faden oder Gaarn.

„Na, is dat nich magnifik?", seggen de beide brave Beamten. „Wenn Majestät mal kieken will, wat för'n Munster, un wat för Klören!" un se wiesen up'e leddige Wevstohl, denn se meenen ja, de annern koenen dat Tüüg wiss seh'n.

„Wat's dat", denkt de Kaiser, „ik seh ja nix! Dat is ja gresig! Bün ik dumm? Doeg ik nich to un we'n Kaiser? Dat weer ja dat Leegste, wat mi passeern kunn!" – „Oh, dat's aver bannig smuck!", seggt de Kaiser. „Dat hett min allerhöchste Bifall!" Un he nickt tofreden un gluupt up'e leddige Wevstohl. He will ja nich seggen, dat he nix seh'n kann. De heele Folg, de he mithett, kickt un kickt, man se koenen dar uck nich mehr mit anfangen as all de annern, man se seggen jüst so as de Kaiser: „Oh, dat is mal bannig smuck!" Un se seggen, he schall de dare nüe Antog man dat eerste Mal antrecken to de grote Umtog, de dar anstahn deit. „Dat is magnifik! Allerleevst! Exzellent!", geiht dat vun Mund to Mund, un se sünd dar all heel un deel tofreden mit. De Kaiser gifft elk vun de Spitzboven en Ridderkrüüz för un hängen in't Knooplock un de Titel „Wevjunker".

De heele Nacht, ehrer an'e Vörmiddag de Umtog we'n schall, sitten de Spitzboven up un hebben mehr as sösstein Lichten an. De Lüüd koenen seh'n, se hebben dat hild un kriegen de Kaiser sin nüe Antog ferdig. Se doon so, as nehmen se dat Tüüg vun'e Wevstohl, se klippen in'e Luft mit grote Scheren, se neihn mit Neihnadeln ahn Faden, un toletzt seggen se: „Süh so, de Antog is ferdig."

De Kaiser kümmt dar sülven hen mit sin vörnehmste Lüüd, un de beide Spitzboven böhren de eene Arm hooch, as wenn se dar wat mit holen doon, un seggen: „Kiek, hier is de Büx. Hier is de Rock, un hier de Mantel", un so wieder. „Dat is so licht as Spinnweven. Een schull meenen, een hett gar nix an, man dat is ja jüst dat Besünnere darbi."

„Ja", seggen all de Herren, man seh'n koenen se nix, denn dar is ja nix.

„Will kaiserliche Majestät denn allergnädigst so guut we'n un sik uttrecken", seggen de Spitzboven, „denn trecken wi Majestät dat nüe Tüüg an, hier vör de grote Speegel."

Do treckt de Kaiser all sin Tüüg ut, un de Spitzboven doon so, as geven se em Stück för Stück dat nüe, wat ja neiht we'n schall, un de Kaiser dreiht un kehrt sik vör de Speegel.

„Mein Zeit, wat kleedt dat mal guut! Wat sitt dat mal fein!", swoegen se alltohopen. „Wat en Munster! Wat för Klören! Dat is di mal en kostbare Antog!"

„Buten stahn se al mit'e Thronhimmel, de bi de Umtog oever Kaiserliche Majestät dragen warrn schall", seggt de Boeverzeremonienmeister.

„Ja, ik bün ja klaar!", seggt de Kaiser. „Sitt dat nich fein?" Un denn dreiht he sik nochmal vör de Speegel. Dat schall ja so utseh'n, as wenn he sin Staat richtig bekieken deit.

De Kamerherren, de de Slep drägen schoe'n, fummeln mit'e Hänne up'e Del, as wenn se de Slep upnehmen, un denn gahn se un holen de Luft fast; se dörven sik ja nich marken laten, dat se nix seh'n koenen.

Denn geiht de Kaiser in'e Umtog ünner de feine Thronhimmel, un all de Lüüd up'e Straat un an'e Finstern seggen: „Mein Zeit, wat is de Kaiser sin nüe Tüüg mal grootaardig maakt. Wat 'n feine Slep hett he an'e Mantel. Wat sitt dat mal schön!" Nümms will sik marken laten, dat he nix seh'n deit, denn so döcht he ja nich to sin Amt, oder he is bannig dumm. Keen Tüüg vun'e Kaiser is jichens so guut ankamen.

„Man he hett ja gar nix an", seggt upmal en lütte Gör. „Herrgott, hör mal, wat dat unschüllige Kind seggt", röppt de Vadder. Un de eene fluustert de anner to, wat dat Kind seggt hett.

„Man he hett ja gar nix an!", ropen toletzt all de Lüüd. Dat ward de Kaiser krupen, denn em dücht, se hebben recht, man he denkt bi sik: „Nu mutt ik de Umtog bet to'n Sluss dörholen." Un de Kamerherren gahn un drägen de Slep, de gar nich dar is.

De standhaftige Tinnsuldaat

Dar sünd mal fievuntwintig Tinnsuldaten we'n, all Bröder, denn se sünd baren we'n vun een ole Tinnlepel. De Flint hebben se in'e Arm holen un dat Gesicht liekut wennt. Root un blau is se's Uniform we'n, richtig fein. Dat allereerste, wat se to hören kregen hebben, as de Deckel vun'e Kasten afnahmen wurrn is, 'nem se in legen hebben, dat is dat Woort „Tinnsuldaten". Dat hett en lütte Jung rapen un in'e Hänne klappt. De hett se to sin Geburtsdag kregen un hett se denn up'e Disch upstellt. De Suldaten hebben up't Haar een de anner liek sehn, blots de eene is en beten annershaftig we'n. He hett man een Been hatt, denn he is toletzt gaten wurrn, un do is dar nich mehr nugg Tinn we'n. Man he hett up sin eene jüst so fast stahn as de annern up se's twee, un jüst he is dat, vun de dat wat to vertellen gifft.

Up'e Disch, 'nem se upstellt sünd, steiht noch en Barg anner Speltüüg. Man wat an dullsten in't Oog fallt, dat is en nüdliche Slott vun Papier. Dör de lütte Finstern kann een liek rinkieken in de Saalen. Butenvör stahn lütte Böme rund um en lütte Speegel, dat schall utsehn as en See; Swaans ut Wass swümmen dar up un speegeln sik. Dat is allens heel nüdlich, man an nüdlichsten is doch en lütte Jumfer, de steiht merrn in'e apene Slottsdör. Se is uck utklippt ut Papier, man se hett en Rock an vun dat fienste Linon un en lütte blaue Band oever de Schuller as en Schärp; merrn dar up sitt en blanke Paljett, jüst so groot as ehr Gesicht. De lütte Jumfer streckt beide Arms ut, denn se is en Danzdeern, un denn böhrt se ehr eene Been so hooch in'e Luft, dat de Tinnsuldaat dat eerst gar nich finnen kann un meent, se hett uck man een, jüst so as he.

„Dat weer en Fruu för mi!", denkt he. „Man se is wat vörnehm, se wahnt in en Slott – ik heff blots en Kasten, un dar sünd wi fievuntwintig um, dat is doch keen Stä' för ehr! Man ik mutt man toseh'n un lehrn ehr mal kennen." Un denn leggt he sik so lang as he is achter en Snuuvtobacksdoos, de steiht dar up'e Disch. Dar kann he de lütte fiene Daam recht in't Oog beholen; se blifft bi un stahn up een Been un verleert nich de Balangs.

As dat denn laat an'e Avend ward, do kamen de anner Tinnsuldaten in se's Kasten, un de Lüüd in't Huus gahn to Bett. Nu fangt dat Speltüüg an un spelt „Besöök kriegen", „Krieg föhren" un „en Ball utrichten". De Tinnsuldaten roetern in'e Kasten, se woe'n uck mitmaken, man se koenen de Deckel nich afkriegen. De Noetknacker schütt kapeuster, un de Griffel maakt dumme Tüüg up'e Tafel. Dat is di een Spektakel, de Karnalljenvagel ward dar waak vun un snackt uck noch mit, un dat denn noch in Riemels. De beide eenzigen, de sik nich vun'e Stä' roegen, dat sünd de Tinnsuldaat un de lütte Danzdeern. Se hollt sik so rank up'e Tehnspitz mit beide Arms na buten. Un he is jüst so standhaftig up sin eene Been, sin Oog wiekt nich een Ogenblick vun ehr.

Nu sleit de Klock twölf, un klack! springt de Deckel vun'e Snuuvtobacksdoos up, man dar is keen Toback in, nee, man en lütte swatte Düvel, so'n Kunststück is dat.

„Tinnsuldaat", seggt de Düvel, „wullt du woll din Ogen bi di beholen!"

Man de Tinnsuldaat deit so, as wenn he dat nich hört.

„Ja, tööv du man bet morrn!", seggt de lütte Düvel.

As dat nu Morrn ward un de Gör'n kamen hooch, do ward de Tinnsuldaat up'e Finsterbank stellt, un um dat nu de lütte Düvel is oder de Treck, upmal flüggt dat Finster up un de Tinnsuldaat oeverkopp rut ut'e drütte Etaasch. Dat is en gresige Tour, he lannt mit dat Been na baven un blifft up'e Mütz stahn mit dat Bangenett nedden mang de Plaastersteens.

De Deenstdeern un de lütte Jung lopen foorts dal un söken, man liekers se meist up em pedd't harrn, koenen se em doch nich finnen. Harr de Tinnsuldaat man rapen: „Hier bün ik!", denn weern se em sachs wies wurrn, man em dücht, dat passt sik nich un bölken luut, wo he doch in Uniform is.

Denn fangt dat an un regent, dat Water fallt as ut Ammern, dat gifft en düchtige Flaag. As 'n vörbi is, kamen dar twee Stratenjungs.

„Kiek mal", seggt de eene, „dar liggt en Tinnsuldaat. De schall mal to See fahren!"

Un denn maken se en Boot vun en Zeitung, setten de Tinnsuldaat dar merrn rin, un denn seilt he de Rönnsteen dal; de beide Jungs lopen blangenher un klappen in'e Hänne. Verdorig, wat gahn dar för Bülgen in'e dare Rönnsteen, un wat is dar en Stroom; na ja, dat hett ja uck en gewaltige Flaag geven. De Papierboot wippt up un dal, un mitünner dreiht 'n sik so gau, de Tinnsuldaat ward rein doesig in'e Kopp. Man he blifft standhaftig, vertreckt keen Mien, kickt ümmer liekut un hollt de Flint in'e Arm.

Do drifft de Boot mitmal ünner en lange Rönnsteens-brett, un do ward dat jüst so düüster, as wenn he in sin Kasten liggen deit.

„Wonem ik nu woll henkamen do", denkt he, „ja, ja, dat is allens de dare lütte Düvel sin Schuld. Och, wenn doch de lütte Jumfer hier bi mi in'e Boot sitten dä, denn kunn dat vun mi ut geern nochmal so düüster we'n!"

Do kümmt dar en grote Waterrott, de huust dar ünner dat Rönnsteensbrett.

„Hest du en Pass?", fraagt de Rott. „Pass vörwiesen!"

Man de Tinnsuldaat swiggt still un hollt sin Flint noch faster. De Boot suust afste' un de Rott achterher. Huh, wat 'n mit de Tähns gnaastert! Un 'n röppt na all de Pinnen un Strohhalms: „Stopp em! Stopp em! He hett keen Toll betahlt! He hett sin Pass nich wiest!"

Man de Stroom ward ümmer duller. De Tinnsuldaat kann vörut al de helle Dag sehn, dar is dat Brett to Enne, man he hört uck wat brusen, dar kann sogar so'n düchtige Keerl as he bang' vör warrn. Denk blots mal, dar, 'nem dat Brett to Enne is, dar fallt de Rönnsteen dal in en grote Kanaal, un dat is för em ja jüst so'n Gefahr, as wenn wi en grote Waterfall dalseilen wullen.

Nu is he dar al so dicht bi, he kann nich mehr bidreihn. De Boot suust rut, man de arme Tinnsuldaat hollt sik so stiev as he kann, em schall ja keeneen naseggen, dat he uck blots mit de Ogen plinkert. De Boot dreiht sik dree, veer Mal um sik sülven un is vull Water bet an'e Rand, do mutt 'n ja ünnergahn. De Tinnsuldaat steiht al in't Water bet an'e Hals, un ümmer deeper sackt de Boot, ümmer mehr löst dat Papier sik up. Nu geiht dat Water de Suldaat al oever de Kopp, do ward he an de lütte nüdliche

Danzdeern denken, de kriggt he nu ja nümmer mehr
to sehn. Un em klingt dat ole Leed in'e Ohren:
„Wahr di, wahr di, Kriegsmann!
De Dood musst du lieden!"

Do geiht dat Papier twei, un de Tinnsuldaat fallt dar
dör, man foorts ward he oeversluukt vun en grote
Fisch.

Nee uck doch, wat is dat dar binnen mal düüster!
Dat is ja noch leeger as ünner dat Rönnsteensbrett,
un denn is dat dar so beknepen. Man de Tinnsuldaat
is standhaftig un liggt so lang, as he is, mit de Flint
in'e Arm.

De Fisch suust rundum, de ramentert gewaltig. To-
letzt ward 'n ganz ruhig, un denn geiht dar en Licht-
strahl dör 'n dör. Dat Licht schient ganz hell, un dar
röppt eener ganz luut: „Tinnsuldaat!" De Fisch is
fungen wurrn, to Markt bröcht, verköfft un rup-
kamen in'e Koek, un dar snitt de Koeksch 'n up mit
en grote Mess. Se kriggt mit twee Fingern de Sul-
daat faat merrn um't Liev un bringt em rin in'e
Stuuv. Dar woe'n se al so'n gediegene Keerl sehn, de
in'e Buuk vun en Fisch rumreist is, aver de Tinn-
suldaat is dar gar nich stolt up. Se stellen em up'e
Disch, un dar – nee uck doch, wo kann dat gediegen
togahn up'e Welt! De Tinnsuldaat is in desülve
Stuuv, 'nem he vördem we'n is, he süht desülve
Gör'n, un dat Speltüüg steiht up'e Disch, dat feine
Slott mit de nüdliche lütte Danzdeern. Se hollt sik
ümmer noch up dat eene Been un hett dat anner
hooch in'e Luft, se is uck standhaftig. Dat geiht de
Tinnsuldaat rein an't Hart, he kunn meist Tinn
blarrn, man dat schickt sik ja nich. He kickt ehr an,
un se kickt em an, man seggen doon se nix.

Do kriggt doch de eene lütte Bengel de Suldaat faat un smitt em in'e Kachelaben, un dar hett he doch gar keen Grund för! Dar hett bestimmt de lütte Düvel in'e Doos Schuld to.

De Tinnsuldaat steiht ganz in't Helle un föhlt en Hitten, dat is gresig, man um dat nu kümmt vun dat richtige Füer oder vun de Leev, dat kriggt he nich klook. De Farv is rein af vun em, um dat is up'e Reis passeert oder um dat is vör Truer, dat kann keeneen seggen. He kickt de lütte Jumfer an, se kickt em an, un he markt, wo he smölten deit, man noch steiht he standhaftig mit'e Flint in'e Arm. Do geiht dar en Dör up, un de Wind kriggt de Danzdeern faat, un se flüggt as so'n Engel liek rin in'e Kachelaben na de Tinnsuldaat, flammt hell up, un weg is se. Do smöltet de Tinnsuldaat to en Klatt, un as de Deern de neegste Morrn de Asch rutbringt, do finnt se em as so'n lütte Tinnhart. Man vun de Danzdeern is blots noch de Paljett na, un de is koehlswatt brennt.

De wille Swaans

Wied weg vun hier, dar, 'nem de Swulken henflee-
gen, wenn wi Winter hebben, dar hett mal en König
levt, de hett ölben Soehns hatt un een Dochter, Lisa.
Sin Fruu is doot we'n. De ölben Bröder, dat sünd ja
Prinzen we'n, de sünd to School gahn mit en Steern
up'e Bost un en Säbel an'e Siet; se hebben up en
gollne Tafel schreven mit en Griffel vun Demant un
hebben jüst so guut utwennig lehrt as inwennig. Een
hett foorts marken kunnt, dat sünd Prinzen. Se's
Süster Lisa hett up en lütte Schemel vun Speegel-
glas seten un en Billerbook hatt, dat is köfft we'n för
dat halve Königriek.

O, de Kinner hebben dat so guut hatt, man sodennig
is dat nich bibleven.

Se's Vadder, de is ja König oever dat heele Land,
man he nimmt sik en leege Oolsch to Fruu, un de
kann de stackels Kinner nich utstahn. Dat koenen se
al foorts de eerste Dag marken. In't heele Slott is
allens een Staat, un de Kinner spelen „Besöök krie-
gen". Anners hebben se denn ümmer so vel Koken un
Braa'appeln kregen, as se man hebben koenen, man
se gifft se blots Sand in en Teetass un seggt, se koe-
nen ja man so doon, as wenn dat wat is.

Een Wuch later bringt se de lütte Süster Lisa buten
up't Land bi wecke Buerslüüd ünner, un dat duert
nich lang', do hett se de König so vel vörsnackt vun
de stackels Prinzen, dat he se gar nich mehr lieden
mag.

„Fleeg I man rut in'e Welt un seh to, wonem I blie-
ven!", seggt de leege Königin. „Fleeg as grote Vageln
ahn Stimm!" Man so leeg kann se dat doch nich

116

maken, as se dat geern will; se warrn to ölben feine wille Swaans. Mit en gediegene Schrie fleegen se rut ut'e Slottsfinstern oever de Park un dat Holt weg.

Dat is noch heel fröh an'e Morrn, do kamen se dar lang, 'nem se's Süster Lisa in'e Buer sin Stuuv liggt un slöppt. Dar sweven se oever't Dack, dreihn se's lange Hals un slaan mit'e Flünken, man keeneen hört oder süht dat. Do moeten se denn wedder afste', hooch rup in'e Wulken, wied rut in'e wiede Welt, un dar fleegen se denn hen na en grote düüstere Holt, de geiht liek dal bet an'e Strand.

De arme lütte Lisa steiht in'e Buer sin Stuuv un spelt mit en gröne Blatt, anner Speltüüg hett se nich. Un se stickt en Lock in't Blatt un kickt dar dör rup na de Sünn, un do dücht ehr dat so, as wenn se ehr Bröder se's klare Ogen süht, un ümmer wenn de warme Sünnenstrahlen ehr up'e Back schienen, denkt se an all se's Sötens.

Een Dag vergeiht jüst so as de anner. Weiht de Wind dör de grote Rosentuuns buten vör't Huus, denn fluustert 'n de Rosen to: „Wokeen kann woll smucker we'n as I", man de Rosen schüttkoppen un seggen: „Dat is Lisa." Un sitt de Oolsch sünndags in'e Dör un lest in ehr Gesangbook, denn blädert de Wind de Sieden um un seggt to't Book: „Wokeen kann woll framer we'n as du?" – „Dat is Lisa!", seggt dat Gesangbook denn, un wat de Rosen un dat Gesangbook seggen, dat is de reine Wahrheit.

As se föftein Jahr oold is, mutt se wedder na Huus. Un as de Königin wies ward, wo smuck as se is, do ward se vull Gift un Venien up ehr. Geern harr se ehr uck to en wille Swaan maakt, so as ehr Bröder, man dat truut se sik nich foorts, de König will ja sin Dochter sehn.

Fröh morrns geiht de Königin in'e Baadstuuv, de is buut vun Marmelsteen un utstaffeert mit weeke Polsters un feine Teppichen, un dar nimmt se dree Peiten, gifft se en Söten un seggt to de eene: „Sett di up Lisas Kopp, wenn se in't Bad kümmt, dat se jüst so traag ward as du! Sett du di up ehr Vörkopp", seggt se to de tweete, „dat se jüst so grimmig ward as du un ehr Vadder ehr nich wedderkennt. Un du legg di an ehr Hart" fluustert se de drütte to, „laat ehr en leege Sinn kriegen, dat se dar Pien vun kriggt!" Denn sett se de Peiten in dat klare Water – dat kriggt foorts en Stich in't Gröne – un röppt na Lisa. Se treckt ehr ut un lett ehr dalstiegen in't Water, un as se denn ünnerdükert, sett de eene Peit sik in ehr Haar, de tweete up ehr Vörkopp un de drütte up ehr Bost. Man as dat schient, markt Lisa dar gar nix vun, un as se upsteiht, swümmen dar dree rode Mahnblöme up't Water. Weern de Deerten nich giftig we'n un vun'e Hex küsst wurrn, denn so weern se to rode Rosen wurrn, man Blöme warrn se dar doch vun, dat se an ehr Kopp un an ehr Hart legen hebben. Se is to fraam un to unschüllig, as dat de Hexenkraam Macht oever ehr kriegen kann.

As de leege Königin dat wies ward, rifft se ehr in mit Wallnoetsaft, dat se ganz swattbruun ward, strickt dat smucke Gesicht oever mit en stinken Salv un lett dat feine Haar verklatten; de smucke Lisa süht sik sülven gar nich mehr liek.

Un as denn ehr Vadder ehr to sehn kriggt, do ver- fehrt he sik ja gewaltig un seggt, dat kann nich sin Dochter we'n. Keeneen will ehr bekannt we'n, blots de Kedenhund un de Swulken, man dat sünd ja arme Deerten un hebben nix to seggen.

Do ward de arme Lisa weenen un an ehr ölben Bröder denken, de all weg sünd. Trurig sliekert se sik rut ut't Slott, geiht de heele Dag oever Feld un Moor rin in dat grote Holt. Se weet gar nich, wonem se hen will, man se föhlt sik so trurig un hett so'n Lengen na ehr Bröder. De sünd sachs uck so as se rutjaagt in'e Welt, de will se söken un finnen.

Se is noch nich lang' in't Holt, do ward dat Nacht. Se is rein afkamen vun Weg un Steg; do leggt se sik dal up dat weeke Moss, bed't to Nacht un loehnt ehr Kopp gegen en Stubben. Dat is so still, de Luft is so warm, un rundum in't Gras un up't Moss lüchten as so'n gröne Füer oever hunnert Glemaarsen[1]. As se mit de Hand sachten een vun de Telgens anroegt, fallen de lüchten Insekten dal na ehr as Steernsnuppen.

De heele Nacht dröömt se vun ehr Bröder. Se spelen wedder, so as do, as se Kinner weern, schrieven mit Demantgriffeln up'e Goldtafeln un kieken in dat feine Billerbook, wat dat halve Riek kostet hett. Man up'e Tafel schrieven se nich, as vördem, Haken un Staken, nee, all de Waagstücken, de se utöövt hebben, allens, wat se belevt un sehn hebben. Un in't Billerbook is allens lebennig, de Vageln singen, un de Minschen kamen rut ut dat Book un snacken mit Lisa un ehr Bröder, man wenn se umblädert, denn springen se foorts wedder rin, dat dar jo nix dör'nanner kümmt bi de Biller.

As se waak ward, steiht de Sünn al hooch an'e Himmel. Seh'n kann se 'n ja nich, de hoge Böme spree'n se's Telgens dicht un fast, man de Strahlen

---

[1] Glem-aars = Glühwürmchen

spelen dar baven as so'n weihen Goldflor. Dar liggt en Duft vun dat Gröne in'e Luft, un de Vageln setten sik meist up ehr Schullern. Se hört dat Water ploetern, dar sünd en Barg grote Borns, de fallen all in en grote Diek mit de feinste Sandgrund. Dar wassen ja dichte Büsche rundum, man an een Stä' hebben de Hirschen en grote Lock maakt, un dar geiht Lisa hen an't Water. Dat is so klaar, wenn de Wind nich an'e Telgens un Büsche roegt harr, dat se sik bewegen, denn harr se meist gloven musst, se sünd nedden up'e Grund upmaalt, so düütlich speegelt sik elkeen Blatt, eendoont um de Sünn dar dör schient oder um dat ganz in'e Schatten liggt.

As se ehr eegne Gesicht to sehn kriggt, verfehrt se sik degern, so bruun un eklig is dat. Man as se ehr lütte Hand natt maakt un Ogen un Vörkopp rifft, do kümmt de witte Huut wedder to Vörschien. Do treckt se all ehr Tüüg ut un geiht rin in dat frische Water. En smuckere Königsdochter as ehr gifft dat up'e heele Welt nich.

As se sik wedder antrocken un ehr lange Haar flech-tet hett, geiht se na de lopen Born, drinkt ut'e holle Hand un geiht wieder rin in't Holt, se weet sülven nich 'nem hen. Se denkt an ehr Bröder un an'e leeve Gott, de ward ehr al nich verlaten. He lett de wille Holtappeln wassen, dat de Hungerige satt ward, un he wiest ehr uck so'n Boom, de sin Telgens bögen sik, so vull sünd se. Dar itt se to Middag, sett Stütten ünner de Telgens un geiht denn rin in'e düüsterste Deel vun't Holt. Dat is so still, se kann ehr eegne Trä' hören, hört elkeen lütte dröge Blatt, dat sik ünner ehr Foot bögen deit. Nich een Vagel is dar to sehn, nich een Sünnenstrahl geiht dör de grote, dichte Telgens vun'e Böme dör. De hoge Stämm stahn so dicht bi'nanner – wenn se liekut kickt, denn is dat, as wenn dar Trallen um ehr rum sünd. Oha, dat is dar so eensam, sowat hett se noch nie nich belevt.

De Nacht ward so düüster, nich een lütte Glemaars schient ut't Moss, un trurig leggt se sik dal to slapen. Do dücht ehr, de Telgens an'e Böme baven oever ehr gahn to Siet un de leeve Gott süht mit fründliche Ogen up ehr dal, un lütte Engeln kieken oever sin Kopp un ünner sin Arms rut. As se de neegste Morrn waak ward, weet se nich, hett se dat dröömt oder is dat wahr.

Se geiht en Stück vöran, do bemött se en ole Fruu, de hett Ber'n in ehr Korv, un de Oolsch gifft Lisa dar wecken vun. Lisa fraagt, um se nich hett ölben Prinzen dör't Holt rieden sehn.

„Nee", seggt de Oolsch, „man güstern heff ik ölben Swaans mit gollne Kronen up'e Kopp de Au hier dicht bi dalswümmen sehn."

Un se geiht mit Lisa en Stück wieder vör an en Klint, dar slängelt sik nedden en Au. De Böme an'e Övers recken se's lange Telgens vull Bläder gegen enanner, un 'nem se sik, so as se wussen sünd, nich langen koenen, dar hebben se de Wuddeln losreten ut'e Eerde un sik oever't Water loehnt un de Telgens tosamenflechtet.

Lisa seggt de Oolsch adjüs un geiht langs de Au bet darhen, 'nem 'n rutlöppt up'e grote, apene Strand.

Do heele grote See liggt vör de junge Deern. Man nich een Seiler wiest sik dar buten, nich een Boot is dar to seh'n. Wodennig schall se doch man wieder kamen? Se kickt up all de vele lütte Steens dar an't

Över. Dat Water hett se all rund slepen. Glas, Iesen, Steens, allens, wat dar anspölt is, hett dat Water formt, un dat is doch noch vel weeker as ehr fiene Hand. „Dat blifft bi un rullt un ward nich möö', un denn ward dat Harde glatt. Ik will jüst so stüttig we'n. Velen Dank för ju Lehr, I klare, rullen Bülgen. Mal, dat seggt mi min Hart, mal drägen I mi na min leeve Bröder."

Up'e Seedang, de dar anspöölt is, liggen ölben Swanenfeddern. De sammelt se to en Struuß. Dar liggen Waterdrüppen up, un um dat nu sünd Daudrüppen oder Tranen, dat is nich un warrn klook ut. Eensam is dat dar an'e Strand, man dar markt se nix vun. De See bringt ja ümmerto Afwesseln, männigmal in een Stunn mehr, as de Söötwaterseen in't Land in en heele Jahr upwiesen koenen. Kümmt dar en grote swatte Wulk, denn is dat, as wull de See seggen: Kiek, ik kann uck düüster utseh'n, un denn weiht de Wind, un de Bülgen wiesen dat Witte. Man schemern de Wulken root un de Wind slöppt in, denn is de See as so'n Rosenblatt. Denn ward 'n gröön, denn witt, man wo ruhig 'n uck liggen mag, an't Över bewegt 'n sik doch suutje; dat Water hevt sik en ganze lütte beten, as de Bost bi en Kind, wat slapen deit.

As de Sünn ünnergahn will, ward Lisa ölben wille Swaans wies, de hebben gollne Kronen up'e Kopp un fleegen an Land, een achter de anner. Dat süht ut as so'n lange, witte Band. Do stiggt Lisa de Klint hooch un verkrüppt sik achter en Busch. De Swaans setten sik dicht bi ehr dal un hau'n mit se's grote, witte Flünken.

As de Sünn ünner Water is, fallen upmal de Swaans se's Fedderkleeder af, un do stahn dar ölben feine

Prinzen, Lisas Bröder. Se schriet luut up, denn wenn se sik uck düchtig verännert hebben, se weet doch, dat sünd se, se föhlt dat, dat moeten se we'n. Un se springt in se's Arms, nöömt se bi Namen, un se warrn so glücklich, as se se's lütte Süster sehn un wedderkennen, de nu so groot un smuck is. Se lachen un weenen, un bald hebben se een de anner vertellt, wo leeg se's Steefmudder to se all we'n is.

„Wi Bröder", seggt de öllste, „wi fleegen as wille Swaans, so lang' as de Sünn an'e Himmel steiht. Wenn 'n ünnergahn is, warrn wi wedder to Minschen. Darum moeten wi bi Sünnenünnergang ümmer uppassen, dat wi faste Grund ünner de Fööt hebben, denn wenn wi dar baven mang de Wulken fleegen, denn fallen wi as Minschen ja dal in'e Deepde. Wi wahnen nich hier. Dar liggt jüst so'n feine Land as düt hier güntsiet de See. Man de Weg darhen is lang, wi moeten oever de grote See, un dar is ünnerwegens keen Insel, 'nem wi Nacht blieven koenen. Blots een eensame lütte Klipp kickt dar up halve Weg ut't Water. De is nich grötter, as dat wi een blangen de anner dar up Platz hebben. Is dar dulle Seegang, denn so sprütt dat Water hooch oever uns, man liekers danken wi de leeve Gott darför. Dar blieven wi Nacht as Minschen, un wenn de nich weer, kunnen wi nie nich dat Land besöken, 'nem wi to Huus sünd. Wi bruken twee vun de längste Daag in't Jahr för unse Reis. Blots eenmal in't Jahr is uns dat vergünnt un besöken unse Tohuus, ölben Daag dörven wi hier blieven, dörven över düt grote Holt rumfleegen un koenen vun dar dat Slott sehn, 'nem wi baren sünd un 'nem unse Vadder wahnt, un de Taarn vun'e Kirch, 'nem unse Mudder begraven liggt. – Hier dücht uns, de Böme un Büsche hören to unse Fründschop, hier lopen de wille Perde oever de Wischen, so as wi dat as Kinner sehn hebben. Hier singt de Koehlenbrenner de ole Leeder, 'nem wi as Kinner to danzt hebben. Hier sünd wi to Huus, hier treckt uns dat hen, un hier hebben wi di funnen, lütte Süster. Twee Daag hebben wi nu noch na, denn moeten wi afste' oever de See na en feine Land, man dar sünd wi ja nich to Huus! Wodennig kriegen wi di mit? Wi hebben ja keen Schipp un keen Boot!"

„Un wodennig schall ik ju erlösen koenen?", seggt de Süster. Un se snacken de heele Nacht tosamen, blots en paar Stunnen finnen se Slaap.

Lisa ward waak vun dat Susen vun Swanenflünken oever ehr. De Bröder sünd wedder to Swaans wurrn un fleegen rum in grote Krinken un toletzt wied weg, man een vun se, de jüngste, blifft t'rügg. Un de Swaan leggt sin Kopp in ehr Schoot, un se eit sin witte Flünken. De heele Dag sünd se tosamen. Hen to Avend kamen de annern wedder, un as de Sünn ünnergahn is, stahn se dar as Minschen.

„Morrn fleegen wi weg, dörven eerst bi en heele Jahr wedderkamen, man wi koenen di doch nich so alleen laten! Truust du di un kamen mit? Min Arm is stark nugg för un drägen di dör't Holt, schullen wi do all tohopen nich nugg Knoev in'e Flünken hebben för un fleegen mit di oever de See?"

„Ja, nimm mi mit!", seggt Lisa.

De heele Nacht bringen se darmit to un flechten en Nett ut de smiedige Wichelbork un de tage Rüschen, un dat ward groot un stark. Dar leggt Lisa sik rup, un as de Sünn rutkümmt un de Bröder to Swaans warrn, do kriegen se dat Nett faat mit se's Snavels un fleegen rup na de Wulken mit se's leeve Süster. De slöppt noch. De Sünnenstrahlen fallen liek up ehr Gesicht, darum flüggt een vun de Swaans oever ehr Kopp, dat sin breede Flünken ehr Schatten geven koenen. –

Se sünd al wied weg vun Land, as Lisa waak ward. Se meent, se dröömt noch, so gediegen kümmt ehr dat vör un warrn oever de See dragen, hooch dör de Luft. Blangen ehr liggt en Telgen mit feine, riepe Ber'n an un en Bunk leckere Wuddeln; de hett de jüngste Broder sammelt un bi ehr henleggt, un se smuustert em dankbar to, denn se weet, dat is he, de oever ehr Kopp fleegen deit un mit sin Flünken Schatten smitt.

Se sünd so hooch baven, dat eerste Schipp, wat se ünner sik wies warrn, dücht se en witte Mööv, de up't Water liggt. Achter se steiht en grote Wulk, dat is en heele Barg, un dar süht Lisa ehr eegne Schatten up un de vun'e ölben Swaans, ganz gewaltig groot fleegen se dar. Dat is en Bild, sowat hett se noch nie nich sehn. Man as de Sünn höger stiggt un de Wulk wieder t'rüggblifft, verswinnt dat dare fleegen Schattenbild.

De heele Dag fleegen se ümmerto, so as en Piel dör de Luft suust, man liekers geiht dat nich so gau as anners, nu se se's Süster drägen moeten. Dar treckt en Unwedder up, un dat geiht hen to Avend. Heel bang' süht Lisa de Sünn dalgahn, un noch is dar nix to sehn vun de eensame Klipp in'e See. Ehr dücht, de Swaans slaan duller mit de Flünken. Och, dat is all ehr Schuld, dat se nu nich gau nugg vörankamen. Wenn de Sünn ganz ünnergahn is, denn warrn se to Minschen, fallen in't Water un versupen. Do ward se

in ehr deepste Hart to de leeve Gott beden, man noch
kann se keen Klipp wies warrn. De swatte Wulk
kümmt neeger. Starke Windpuust seggt en Storm
an. De Wulken stahn in een grote Bülg, kannst bang'
vör warrn, un se schuven sik vörwarts so fast un
swaar as Blie. Blitz up Blitz geiht dal.

Nu is de Sünn jüst an'e Rand vun'e See. Lisa ehr
Hart puckert vör dull. Do scheeten de Swaans dal, so
gau, dat se meent, se mutt fallen. man denn sweven
se wedder. De Sünn is al halv dal in't Water. Do
ward se eerst de lütte Klipp ünner se wies, de süht
nich grötter ut as en Seehund, de sin Kopp ut't Wa-
ter stickt. De Sünn geiht so gau dal; nu is 'n blots
noch as so'n Steern. Do kümmt ehr Foot up'e faste
Grund, de Sünn geiht ut as de letzte Funk vun en
brennen Blatt Papier. Arm in Arm süht se ehr Brö-
der um sik stahn. Man mehr Platz as jüst för se un
ehr is dar uck nich. De See sleit an de Klipp un geiht
as en Regenflaag oever se weg. De Himmel lücht't
ümmerto in en flammen Füer, un Slag up Slag rullt
de Dunner. Man Süster un Bröder holen sik bi de
Hänne un singen en Kirchenleed, dat gifft se Troost
un Kraasch.

Bi't Morgenroot is de Luft rein un still. So draa de
Sünn tohööcht stiegen deit, fleegen de Swaans mit
Lisa weg vun'e Insel. De See geiht noch dull tokehr,
dat süht vun dar hooch baven ut, as wenn de witte
Schuum up'e swattgröne See Millionen vun Swaans
sünd, de up't Water swümmen.

As de Sünn höger kümmt, süht Lisa vör sik – halv
swümmt dat in'e Luft – en Land mit Bargen mit
schemern Ies baven up, un merrn dar up liggt en
Slott, dat is wiss en Miel lang, mit een Reeg Pielers

oever de anner. Nedden swoien Palmen un pracht-
vulle Blöme so groot as en Moehlenrad. Se fraagt,
um dat is dat Land, 'nem se hen schall, man de
Swaans schüttkoppen, denn wat se dar sehn deit,
dat is Fata Morgana ehr smucke Luftslott, dat wes-
selt ümmerto; dar en Minsch rinbringen, dat geiht
nich. Lisa gluupt dat an. Do fallen Bargen, Holt un
Slott in sik tosamen, un denn stahn dar twintig
stolte Kirchen, all eens, mit hoge Taarns un spitze
Finstern. Ehr dücht rein, se hört de Orgel spelen,
man wat se hören deit, dat is man de See. Nu is se
ganz dicht bi de Kirchen, do warrn de mitmal to en
ganze Flott vun Schep, de seilen dar ünner ehr weg.
Se kickt dal, un do is dat man Seedaak, de jaagt
oever't Water. Ja, se hett en ewige Wessel vör Ogen,
man denn süht se dat richtige Land, 'nem se hen
schall. Dar stiegen de feine blaue Bargen up mit
Zedernholt, Städer un Sloet. Lang' ehrer de Sünn
dalgeiht, sitt se up'e Barg vör en grote Höhl, de is
mit feine, gröne Slingplanten bewussen. Dat süht ut,
as weern dat stickte Teppichen.

„Nu woe'n wi mal sehn, wat du vunnacht hier drö-
men deist", seggt de jüngste Broder un wiest ehr ehr
Slaapkamer.

„Ik wull, ik dröme, wodennig ik ju erlösen kann!",
seggt se, un dar mutt se ümmerto an denken. Se
bed't instännig, dat de leeve Gott ehr doch helpen
schall, sogar in'e Slaap blifft se bi un beden. Do
kümmt ehr dat vör, as wenn se hooch dör de Luft
flüggt na Fata Morgana ehr Luftslott, un de kümmt
ehr in'e Mööt, so smuck un schemern, un doch süht
se ut as de Oolsch, de ehr in't Holt de Ber'n geven un
vun'e Swaans mit de gollne Kronen vertellt hett.

„Din Bröder koenen erlöst warrn", seggt se, „man dar bruukst du Kraasch un Utduer to. De See is ja weeker as din fiene Hänne, un doch verännert 'n de harde Steens, dat stimmt, man 'n föhlt nich so'n Wehdaag, as din Fingern to föhlen kriegen. Un 'n hett keen Hart un kennt nich de Angst un Bangen, de du utholen musst. Sühst du de Brennneteln in min Hand? Vun de Aart wassen en Masse um de Höhl, 'nem du slöppst. Blots de vun dar un de ut'e Gräver up'e Kirchhoff rutwassen, doegen wat, mark di dat. De musst du plöcken, wenn se uck din Huut brennen, dat 'n vull vun Blasen is. Braak[1] de Neteln mit din Fööt, denn kriggst du so'n Aart Flass. Dar musst du ölben Panzerhemden vun strichen mit lange Arms. De smittst du oever de ölben wille Swaans, denn is de Töver löst. Man denk an, vun de Ogenblick, wo du mit de dare Arbeit anfangst, bet du dar ferdig mit büst, un wenn dat uck Jahren duert, so lang' dörvst du nich snacken. Dat eerste Woort, wat du spreken deist, geiht as en Mess dör din Bröder se's Harten. An din Tung hängt se's Leven. Dat musst du di allens marken!"

Un denn kümmt se mit de Neteln an ehr Hand; dat brennt as Füer, Lisa ward dar waak vun. Dat is helle Dag, un dicht bi de Stä', 'nem se slapen hett, liggt en Netel so as de, de se in'e Drom sehn hett. Do fallt se up'e Kneen, dankt de leeve Gott un geiht rut ut'e Höhl för un gahn bi ehr Arbeit.

Mit ehr fiene Hänne grippt se mang de eklige Neteln, de sünd as Füer. Grote Blasen brennen se up ehr Hänne un Arms, man dat will se geern utholen, wenn se man ehr leeve Bröder erlösen kann. Elk

---

[1] braken = Flachs brechen, um die holzigen Anteile zu entfernen

Netel braakt se mit ehr blote Fööt un dreiht dat gröne Flass to Gaarn.

As de Sünn ünnergahn is, kamen de Bröder, un se verfehrn sik, dat se's Süster nich snacken deit. Se meenen, dat is sachs en nüe Töver vun se's leege Steefmudder. Man as se ehr Hänne sehn, do begriepen se, wat se för se deit. Do ward de jüngste Broder weenen, un 'nem sin Tranen henfallen, dar föhlt se keen Wehdaag mehr, dar gahn de brennen Blasen weg.

De Nacht verbringt se mit ehr Arbeit, denn se hett keen Ruh, ehrer se ehr leeve Bröder erlöst hett. De heele neegste Dag, wieldes de Swaans weg sünd, sitt se dar alleen, man nie nich is de Tied so gau vergahn. Een Panzerhemd is al klaar, nu geiht se bi dat neegste.

Do hört se Jagdhoorns mang de Bargen. Se kriggt dat arig mit de Angst. Dat kümmt neeger, se hört Hünne bellen. Heel bang' verkrüppt se sik in'e Höhl, binnt de Neteln, de se sammelt un hekelt hett, to en Bunk un sett sik dar up.

Do kümmt dar en grote Hund ut't Kratt rutsprungen, un denn noch een un noch een. Se bellen luut, lopen t'rügg, denn wedder vör. Dat duert nich lang', do stahn all de Jägers buten vör de Höhl, un de smuckste vun se all is de König vun't Land. He kümmt hen na Lisa, so'n smucke Deern hett he noch nie nich sehn.

„Wonem kümmst du denn her, du smucke Deern?", seggt he. Lisa schüttkoppt, se dörv ja nich snacken, dat geiht um ehr Bröder se's Erlösen un Leven. Un se verstickt ehr Hänne ünner de Schört, dat de König nich süht, wat se utholen mutt.

„Kumm mit!", seggt he, „hier scha'st du nich blieven! Wenn du so guut büst, as du smuck büst, denn will ik di in Sammt un Sied kleeden, di de gollne Kroon up'e Kopp setten, un du scha'st in min riekste Slott wahnen." Un denn sett he ehr up sin Perd. Se weent ja un wringt de Hänne, man de König seggt: „Ik will blots dat Beste för di! Later mal warrst du mi dar dankbar för we'n." Un denn suust he afste' dör de Bargen un hollt ehr vör sik up't Perd, un de Jägers jagen achterher.

As de Sünn dalgeiht, liggt de prächtige Königsstadt mit Kirchen un Kuppeln vör se, un de König geiht mit ehr rin in't Slott, 'nem grote Springborns in de hoge Marmorsaalen ploetern, 'nem Wänne un Boehn vull sünd mit Schilleraatsen, man se hett dar keen Oog för, se weent un is trurig. Ahn vel Ackewars lett se sik vun de Fruunslüüd dat Königstüüg antrecken, Parlen in't Haar flechten un fiene Hännschen oever de verbrennte Fingern trecken.

As se denn darsteiht in all ehr Staat, do is se so oever de Maten smuck, de heele Hoff böögt sik noch deeper vör ehr, un de König maakt ehr to sin Bruut, liekers de Erzbischop schüttkoppt un fluustert, de smucke Holtdeern is wiss en Hex, se verblennt se de Ogen un besnirrt de König sin Hart.

Man de König hört dar nich na, he lett de Musik spelen, dat feinste Eten updrägen, de smuckste Deerns um ehr danzen, un se ward dör Gaarns, 'nem dat fein rüken deit, na staatsche Saalen rinbröcht. Man keen Smuustern geiht oever ehr Lippen oder in ehr Ogen; dar steiht nix as ewige Truer. Denn maakt de König en lütte Kamer up dicht bi de Stä', 'nem se slapen schall. Dar is dat utstaffeert mit düre gröne

Teppichen, dat süht meist so ut as de Höhl, 'nem se we'n is. Up'e Del liggt de Bunk Flass, de se ut de Neteln spunnen hett, un ünner de Boehn hängt dat Panzerhemd, wat al ferdig stricht is. All dat hett een vun de Jägers mitnahmen as wat heel Afsünnerliches.

„Hier kannst du di t'rüggdrömen na din fröhere Tohuus!", seggt de König. „Hier is de Arbeit, 'nem du bi weerst. Nu, in all din Staat, maakt di dat wiss Spaaß un denken t'rügg an de dare Tied."

As Lisa dat süht, wat ehr Hart so neeg liggt, spelt en Smuustern up ehr Mund, un dat Bloot stiggt ehr wedder in'e Backen. Se denkt an dat Erlösen vun ehr Bröder un küsst de König de Hand. He drückt ehr an sin Hart un lett all de Kirchenklocken to Hochtiedsfest lüden. De smucke stumme Deern vun't Holt is Königin vun't Land.

Do fluustert de Erzbischop leege Wöör in'e König sin Ohr, man de gahn em nich to Harten, de Hochtied schall fiert warrn, un de Erzbischop mutt ehr sülven de Kroon up'e Kopp setten. Un he drückt vull Venien de drange Ring so fast dal oever ehr Vörkopp, dat dat weh deit. Man dar liggt en Ring um ehr Hart, de is vel swarer: de Truer um ehr Bröder. De hiere Wehdaag markt se gar nich. Ehr Mund is stumm, een Woort wörr ja ehr Bröder um't Leven bringen, man in ehr Ogen liggt en deepe Leev to de gude, smucke König, un he deit allens för un muntern ehr up. Mit ehr ganze Hart hett se em vun Dag to Dag leever. Wenn se sik em doch blots anvertruun kunn, em seggen, wat se utsteiht! Man stumm mutt se blieven, stumm mutt se ehr Wark to Enne bringen. Darför sliekert se sik bi Nacht weg vun sin Siet, geiht in'e lütte Kamer, de utstaffeert is as de Höhl, un se stricht een Panzerhemd na dat anner ferdig. Man as se bi dat soevente bigeiht, do hett se keen Flass mehr.

Se weet, up'e Kirchhoff wassen de Neteln, de se bruken deit, man se mutt se sülven plöcken, un wodennig schall se dar rutkamen?

„Och, wat sünd al de Wehdaag in min Fingern gegen dat Weh in min Hart!", denkt se, „ik mutt dat wagen! De leeve Gott ward mi sachs nich verlaten!" Un mit en Hartensangst, as wenn se wat Leeges vörhett, sliekert se sik in'e maandhelle Nacht dal na de Gaarn, geiht dör de lange Alleen rut up'e eensame Straten, hen na de Kirchhoff. Dar süht se up een vun de gröttste Graffsteens en Krink vun Spökelwiever sitten, grimmige Hexen, de trecken se's Plünnen ut, as wenn se baden woe'n, un denn graven se mit se's lange, magere Fingern in'e frische Gräver, halen de Lieken rut un freten dat Fleesch. Lisa mutt dicht an se vörbi, un se glupen ehr an mit se's tücksche Ogen, man se bed't, sammelt de brennen Neteln un driggt se na Huus in't Slott.

Blots een Minsch hett ehr sehn, de Erzbischop, de is up, wieldes de annern slapen. Nu hett he doch Recht kregen in sin Meenen, dat dat mit de Königin nich richtig is. Se is en Hex, darum hett se de König un all de Lüüd besnirrt.

In'e Bichtstohl vertellt he de König, wat he sehn hett un wonem he bang' vör is, un as de harde Wöör vun sin Tung kamen, do schüttkoppen de snittjerte Hilligenbiller, as wenn se seggen woe'n: Sodennig is dat nich, Lisa is unschüllig! Man de Erzbischop leggt dat anners ut, he meent, se tügen gegen ehr, se schüttkoppen oever ehr Sünnen. Do rullen twee dicke Tranen oever de König sin Backen, un he geiht na Huus mit Twiefel in sin Hart. Bi Nacht deit he, as wenn he slapen deit, man dar kümmt keen ruhige Slaap in sin Ogen, he markt, wo Lisa upsteiht, un dat elkeen Nacht, un elkeen Nacht geiht he ehr sachten na un süht, se verswinnt in ehr lütte Kamer.

Dag för Dag ward he vergrellter utsehn, Lisa ward dat wies, un se begrippt nich warum, man dat maakt ehr bang', un ehr is so weh um't Hart wegen ehr Bröder! Up de königliche Sammt un Purpur fallen ehr solte Tranen, de liggen dar as schemern Demanten. Un all de annern, de sehn blots de rieke Pracht un wullen nix leever, as ehr Stä' innehmen un Königin we'n. Man nu is se bald ferdig mit ehr Arbeit, blots een Panzerhemd fehlt noch. Man se hett keen Flass mehr, un nich een Netel. Eenmal noch, blots düt eene Mal mutt se darum na de Kirchhoff un plöcken en paar Hänne vull. Se denkt mit Bangen an de eensame Weg un an de gresige Spökelwiever. Man ehr Willen is so fast as ehr Tovertruen in'e leeve Gott.

Lisa geiht, man de König un de Erzbischop gahn ehr na, se sehn ehr an'e Trallenpoort up'e Kirchhof verswinnen, un as se dar henkamen, sitten up'e Graffsteen de Spökelwiever, so as Lisa se sehn hett. Un de König dreiht sik af, he denkt, se hört dar mang, se, de ehr Kopp noch vunavend an sin Bost legen hett.

„Dat Volk mutt seggen, wat mit ehr passeern schall!", seggt he, un dat Volk seggt, se schall brennen in't rode Füer.

Vun de prachtvulle Königssaalen ward se na en düüstere, fuchtige Lock slept, 'nem de Wind dör dat Trallenfinster rinhuult. Statts Sammt un Sied kriggt se de Bunk Neteln, de se sammelt hett, dar kann se ehr Kopp upleggen. De harte, brennen Panzerhemden, de se stricht hett, schoe'n ehr Laken un Bettdek we'n, man wat Beteres harrn se ehr ja gar nich geven kunnt. Se geiht wedder bi ehr Arbeit un bed't to Gott. Butenvör singen de Stratenjungs Spottleeder oever ehr. Keen Seel tröstet ehr mal mit en fründliche Woort.

Do suust hen to Avend dicht bi de Trallen en Swanenflünk, dat is de jüngste vun'e Bröder, de hett sin Süster funnen. Un se süüfzt luut up vör Freud, liekers se weet, de Nacht, de nu kümmt, is vellicht de letzte, de se to leven hett. Man nu is ehr Arbeit ja uck meist ferdig, un ehr Bröder sünd dar.

De Erzbischop kümmt un will de letzte Stunn bi ehr sitten, dat hett he de König toseggt. Man se schüttkoppt un bedüüd't em mit Ogen un Mien, he schall man gahn. De Nacht mutt se ja ehr Arbeit ferdig kriegen, anners is dat allens vergevs we'n, all de Wehdaag un de Nachten ahn Slaap. De Erzbischop geiht mit Schimpen weg, man de arme Lisa weet ja, se is unschüllig, un se blifft bi mit ehr Arbeit.

De lütte Müüs lopen up'e Del, se slepen de Neteln hen vör ehr Fööt, dat se doch uck en beten mithelpen, un de Drussel sett sik an'e Trallen vun't Finster un singt de heele Nacht so lustig, as 'n man kann, dat se doch nich de Moot verleert.

Dat is noch vör Dau un Dag, eerst bi en Stunn geiht de Sünn up, do stahn de ölben Bröder vör dat Slottsdoor un verlangen, se woe'n na de König. Man dat geiht nich an, kriegen se Bescheed, dat is ja noch Nacht, de König slöppt un dörv nich weckt warrn. Se

134

beden, se drauhn, de Wach kümmt, ja, de König sülven kümmt un fraagt, wat dar los is. Man do kümmt jüst de Sünn rut, un do sünd dar keen Bröder mehr to sehn. Man baven oever dat Slott fleegen ölben wille Swaans.

Ut dat Stadtdoor drängeln sik all de Lüüd, se woe'n de Hex brennen sehn. En ole Krack treckt de Kaar, 'nem se up sitten deit. Se hebben ehr en Kittel vun groffe Sacklinnen antrocken, ehr feine, lange Haar hängt loos um ehr smucke Kopp. Ehr Backen sünd dodenblass, ehr Lippen bewegen sik sachten, un ehr Fingern dreihn dat gröne Flass. Nich mal up'e Weg na ehr Dood lett se de Arbeit na, 'nem se all de Tied bi we'n is. De tein Panzerhemden liggen bi ehr Fööt, an dat ölbente stricht se noch. Dat Pack maakt Narr na ehr.

„Kiek de Hex, wo se mummeln deit! Nich mal en Gesangbook hett se in'e Hand, nee, se sitt bi ehr ole Hexenkraam. Riet ehr dat weg, in dusend Stücken!"

Un se drängeln sik all na ehr ran un woe'n dat tweirieten. Do kamen dar ölben witte Swaans anflagen. Se setten sik rund um ehr up'e Kaar un slaan mit se's grote Flünken. Do wahrt de Flock sik verfehrt to Siet.

„Dat is en Teeken vun'e Himmel! Se is wiss doch unschüllig!" fluustern en Barg Lüüd, man se truun sik nich un seggen dat luut.

Nu kriggt de Schinner ehr faat bi de Hand, do smitt se gau de ölben Hemden oever de Swaans, un do stahn dar ölben feine Prinzen, man de jüngste hett en Swanenflünk statts sin eene Arm, sin Panzerhemd fehlt noch een Arm, de hett se nich mehr ferdig kregen.

„So", seggt se, „nu dörv ik snacken! Ik bün un-schüllig!"

Un as de Lüüd wies warrn, wat dar passeert is, bögen se sik dal vör ehr as vör en Hillige. Man se sackt as doot in ehr Bröder se's Arms, sodennig hebben Seelenpien, Angst un Wehdaag ehr tosett.

„Ja, unschüllig is se!", seggt de öllste Broder, un nu vertellt he allens, wat dar passeert is, un wieldes he snacken deit, spreed't sik dar en Ruch as vun Millionen Rosen: Elkeen Stück Brennholt to dat Füer hett Wuddeln slaan un Telgens utschaten. Dar steiht en duften Tuun, so hooch un groot mit rode Rosen. Ganz baven sitt een Bloom, witt un hell, de lücht't as en Steern, de brickt de König af un stickt 'n Lisa an'e Bost. Do kümmt se to sik mit Freden un Glück in ehr Hart.

Un all de Kirchenklocken lüden vun sülven, un de Vageln kamen in grote Flocks. Dat gifft en Hochtiedstogg t'rügg na't Slott, sowat hett noch keen König sehn.

De fleegen Koffer

Dar is mal en Koopmann we'n, de is so riek we'n, he harr de heele Straat un meist noch en lütte Sietengang upto mit Sülvergeld brüggen kunnt. Man dat hett he nich daan, he hett sin Geld anners to bruken wusst, un hett he en Schilling utgeven, denn so hett he en Daler wedder rinkregen. So'n Koopmann is dat we'n – un denn is he dootbleven.

Sin Soehn kriggt nu all dat dare Geld, un he levt lustig, geiht elkeen Avend to Maskeraa', buut Papierdrakens ut Föftig-Daler-Schiens un flitscht mit Goldstücken oever de See statts mit en Steen. Do schall dat Geld woll fleuten gahn, un dat deit dat uck. Toletzt hett he blots noch veer Schilling na un keen anner Tüüg as en Paar Tüffeln un en ole Slaaprock. Do dücht sin Frünnen nich mehr vel um em, wo se sik ja nich tosamen up'e Straat sehn laten koenen, man een vun se, de is nett, de schickt em en ole Koffer un seggt: „Pack in!" Tjä, dat is ja allens guut un schön, man he hett ja nix un packen in, un do sett he sik sülven in'e Koffer.

Dat is di mal en wunnerliche Koffer. Wenn een up dat Slott drücken deit, denn kann de Koffer fleegen. Un dat deit 'n: Wuppdi! flüggt 'n mit em rup dör de Schosteen, hooch na baven oever de Wulken, wieder un ümmer wieder weg. Dat knackt in'e Borm, un he verfehrt sik, he is bang', dat 'n twei geiht, denn so schütt he ja düchtig kapeuster! Gott bewahre! Man denn kümmt he na dat Land vun'e Törken. De Koffer verstickt he in't Holt ünner de dröge Bläder, un denn geiht he to Stadt. Dat kann he ja driest doon, denn to de Tied sünd se ja bi de Törken all so as he in Slaaprock un Tüffeln rumlapen. Do bemött he en Amm

mit en lütte Kind. „Hör mal to, du Törken-Amm",
seggt he, „wat is dat för'n grote Slott hier dicht bi de
Stadt, de Finstern sitten so wied baven."

„Dar wahnt de König sin Dochter", seggt se. „Dat is
ehr vörherseggt, se schall mal böös Mallör hebben
mit en Leevste, un darum dörv dar keeneen bi ehr
kamen, wenn nich de König un de Königin mit
sünd."

„Danke!", seggt de Koopmannssoehn, un denn geiht
he to Holts, sett sik in sin Koffer, flüggt hooch rup
up't Dack un krabbelt dör dat Finster rin na de Prin-
zessin.

De liggt up't Sofa un slöppt. Se is so smuck, de Koop-
mannssoehn kann sik nich helpen, he mutt ehr een
updrücken. Do ward se waak un verfehrt sik bannig,
man he seggt, he is de Törkengott un is dör de Luft
dalkamen na ehr. Süh, dat gefallt ehr.

Do sitten se denn een blangen de anner, un he ver-
tellt Geschichten vun ehr Ogen: Dat sünd de smuck-
ste, düüstere Seen, un de Gedanken swümmen dar
as Seejumfern. Un he vertellt vun ehr Vörkopp: Dat
is en Sneebarg mit de feinste Saalen un Biller, un he
vertellt vun'e Adebar, de de söte lütte Gör'n bringt.

Jo, dat sünd wecke feine Geschichten! Un denn hollt
he an um de Prinzessin ehr Hand, un se seggt foorts
ja.

„Man Se moeten Sünnavend kamen", seggt se, „denn
sünd de König un de Königin bi mi to Tee. De warrn
ja bannig stolt we'n, dat ik de Törkengott krieg. Man
sehn Se to un hebben en richtig feine Märken praat,
denn dat moegen min Vadder un Mudder bannig
geern. Min Mudder will dat anständig un vörnehm
hebben un min Vadder lustig, dat een lachen kann."

„Ja, ik bring keen anner Bruutschatt mit as en Mär-
ken!", seggt he, un denn gahn se vuneen. Man de
Prinzessin gifft em en Säbel, de is besett mit Gold-
stücken, un de kann he ja guut bruken.

Denn flüggt he weg, köfft sik en nüe Slaaprock un
sitt buten in't Holt un dichtet en Märken. Dat schall
ja Sünnavend ferdig we'n, un dat is gar nich mal so
licht to, as männigeen denkt.

Denn is he ferdig, un denn is dat Sünnavend.

De König, de Königin un de heele Hoffstaat töven
mit Tee bi de Prinzessin. Un he ward so fein upnah-
men!

„Woe'n Se denn mal en Märken vertellen", seggt de
Königin, „een, wat deepsinnig is un 'nem een wat ut
lehr'n kann."

„Man 'nem een doch oever lachen kann!", seggt de
König

„Ja, geiht los!", seggt he un vertellt. Dat mutt 'n sik
nu nipp anhören: „Dar is mal en Bunk Rietstickens
we'n", seggt he, „de sünd bannig stolt we'n, denn se
sünd vun hoge Herkamen we'n. Se's Stammboom,
dat heet, de grote Föhrenboom, 'nem elkeen vun se
en lütte Pinn vun is, is en grote, ole Boom in't Holt
we'n. Nu liggen de Rietstickens up en Rieg twischen
en Füertüüg un en ole ieserne Graap, un för de ver-
tellen se vun'e Tied, as se jung weern. ‚Ja, as wi noch
up'e gröne Twieg weern‘, seggen se, ‚do weern wi
richtig up en gröne Twieg! Elkeen Morrn un Avend
Demant-Tee, dat weer de Dau, de heele Dag harrn
wi Sünnschien – dat heet, wenn de Sünn schienen dä
– un all de lütte Vageln mussen uns Geschichten
vertellen. Wi kunnen woll marken, wi weern uck

riek, denn de Loofböme, de harrn blots sommerdags wat an, man unse Familie kunn sik Sommer un Winter gröne Tüüg leisten. Man denn keemen de Holthauers, dat weer de grote Revolutschon, un unse Familie wurr ut'nannerreten. De Stammherr kreeg Platz as Grootmast up en feine Schipp, dat kunn um'e heele Welt seilen, wenn dat wull, de anner Telgens keemen annerwegens hen, un unse Warv is dat nu un fengen dat Licht an för de gewöhnliche Lüüd. Darför sünd wi vörnehme Lüüd nu hier in'e Koek kamen.'

‚Ja, mit mi is dat nu ja wat anners', seggt de ieserne Graap, 'nem de Rietstickens blangen liggen. ‚Sörre de Ogenblick, as ik up'e Welt kamen bün, bün ik vele Male schüert un kaakt wurrn. Ik sorg för dat Solide un bün eegentlich de Nummer een hier in't Huus. Min eenzige Freud is, so na de Middag, un liggen rein un fein up'e Rieg un kriegen mi en vernünftige Kloensnack mit de Kam'raden. Man mit Utnahm vun'e Waterammer, de af un to mal dalkümmt up'e Hoff, leven wi all binnenvör. De eenzige, de uns mal wat Nües vertellt, is de Torfkorv, man de snackt so unruhig vun'e Regeren un dat Volk. Ja, letzdag weer dar en ole Putt, de hett sik dar sodennig bi verfehrt, dat 'n dalfullen is un hett sik toschannen fullen. De is di mal friesinnig, kann ik man seggen!' – ‚Nu snackst du to vel!', seggt dat Füertüüg, un de Stahl sleit gegen de Flintsteen, dat dat man so funken deit. ‚Schoe'n wi uns nu nich en vergnöögte Avend maken?'

‚Ja, laat uns darvun snacken, wokeen an vörnehmsten is!', seggen de Rietstickens.

‚Nee, ik mag nich ümmer vun mi sülven snacken', seggt de Tonkruuk, ‚laat uns en Avendünnerholen kriegen! Ik fang an, ik will sowat vertellen, wat elkeen belevt hett. Dar kann man sik licht rindenken, un dat maakt so'n Spaaß: An'e Oostsee bi de grote Böken!'

‚Dat is en feine Anfang', seggen all de Tellern, ‚dat ward bestimmt en Geschicht, de mi gefallt.'

‚Ja, dar heff ik min fröhe Jahren tobröcht bi en ruhige Familie. De Möbeln wurrn bohnert, de Del schrubbt, un all veertein Daag keemen dar reine Gardinen up.'

‚Wo interessant Se doch vertellen!', seggt de Handuul. ‚Een kann foorts hören, dat is en Fruensminsch, de dar vertellt, dar geiht sowat Rendliches dör!'

‚Ja, dat föhlt een', seggt de Waterammer, un denn maakt 'n för Freud en lütte Satz, dat dat ‚Platsch' maakt up'e Del.

Un de Putt blifft bi un vertellt, un dat Enne is jüst so guut as de Anfang.

All de Tellern klappern för Freud, un de Handuul nimmt gröne Petersill ut't Sandlock un sett de Putt dar en Kranz vun up, denn 'n weet, dat maakt de annern vergrellt, un: ‚Sett ik hüüt ehr en Kranz up', denkt 'n, ‚denn deit se dat morrn bi mi.'

‚Nu will ik danzen!', seggt de Füertang un danzt. Ja, Gottsverdori, wat kriggt 'n dat eene Been hooch. De ole Stohlbetreck achtern in'e Eck ritt twei blots vun't Tokieken! ‚Krieg ik denn nu uck en Kranz?', seggt de Füertang, un dat kriggt se.

‚Dat is doch nix as Pack!', denken de Rietstickens.

Denn schall de Teemaschin singen, man de is verköhlt, seggt 'n, de kann blots, wenn 'n kaakt. Man dat is nix as Apigkeit, de will blots singen, wenn 'n binnen bi de Herrschaften up'e Disch steiht, anners nich.

Achtern in't Finster sitt en ole Fedderholler, 'nem de Deern ümmer mit schrieven deit. An de is wieder nix an, blots, dat 'n allto deep in't Dintenfatt stippt is, man dar billt 'n sik nu groot wat up in. ‚Will de Teemaschin nich singen', seggt 'n, ‚denn so kann 'n dat man nalaten. Buten hängt in en Buur en Nachtigall, denn kann de singen. De hett twaars nix lehrt, man dar woe'n wi vunavend man nix Leeges vun seggen!'

‚Mi dücht, dat passt sik ganz un gar nich', seggt de Teeketel – de is Koekensänger un Halvsüster to de Teemaschin, ‚dat nu so'n frömde Vagel hört warrn schall. Is dat patriotisch? Wat seggt de Torfkorv darto?'

‚Ik arger mi blots', seggt de Torfkorv, ‚ik arger mi so dull, dat kann sik keeneen vörstellen! Is dat en passen Aart un verbringen de Avend? Weer dat nich richtiger un stellen dat Huus up'e Kopp? Denn schull elkeen up sin rechte Platz kamen, un ik wull de heele Kraam al stüren. Dat weer doch ganz wat anners!'

‚Ja, laat uns Spektakel maken!', seggen se all mit'nanner. Do geiht de Dör up. Dat is de Deenstdeern, un do stahn se still, keeneen seggt en Mucks. Man dar is nich een Putt, de nich weet, wat 'n maken kunn un wo vörnehm 'n is. ‚Ja, wenn ik man wullt harr', denken se, ‚denn harr dat woll en vergnöögte Avend warrn schullt!'

De Deenstdeern nimmt de Rietstickens un maakt dar Füer mit an. Gotts Knep un Pannkoken, wat sprütten se un brennen mit helle Flamm!

‚Nu kann doch elkeen sehn', denken se, ‚dat wi de Nummer een sünd! Wat 'n Glanz wi hebben! Wat 'n Licht!' – Un denn sünd se afbrennt."

„Dat weer mal en feine Märken!", seggt de Königin. „Ik föhle mi so richtig in'e Koek bi de Rietstickens. Ja, nu scha'st du unse Dochter hebben."

„Ja, wiss", seggt de König, „Maandag scha'st du unse Dochter hebben!" Denn nu seggen se „Du" to em, wo he doch in se's Familie kamen schall.

De Hochtied is denn ja nu afmaakt, un de Avend vörher ward de heele Stadt illumineert. Krumme Jungs[1] un Kringeln warrn verdeelt. De Stratenjungs stahn up Tehnspitzen, ropen Hurra un fleuten up'e Fingern, dat is ganz prachtvull.

„Ja, ik mutt man uck sehn un maken wat!", denkt de Koopmannssoehn, un do köfft he Raketen, Knallarften un all Füerwark, wat 'n sik denken kann, leggt dat in sin Koffer un flüggt dar denn hooch in'e Luft mit.

Wusch! Wo dat geiht, un wo dat pufft!

All de Törken hoppen dar in'e Luft bi, dat se se's Tüffeln um'e Ohren fleegen. So'n Spillewark hebben se noch nie nich sehn. Nu koenen se doch verstahn, dat is de Törkengott sülven, de de Prinzessin kriegen schall.

So draa as de Koopmannssoehn mit sin Koffer in't Holt lannt is, denkt he: „Ik will man mal to Stadt gahn un hören, wodennig dat ankamen is." Un dat is ja uck ganz klaar, dat he dar Lust to hett.

---

[1] Ein Schmalzgebäck (Hobelspäne, Schürzkuchen)

Nee, wat de Lüüd doch vertellen! Elkeen, de he fragen deit, hett dat up sin Aart belevt, man fein is dat för se all we'n.

„Ik heff de Törkengott sülven sehn", seggt de eene. „He harr Ogen, de lüchten as Steerns, un en Baart as Schuum up't Water!"

„He is in en Füermantel flagen", seggt de anner, „un smucke lütte Engeln keeken ut'e Folen rut!"

Ja, dat sünd feine Saken, de he to hören kriggt, un de neegste Dag schall he Hochtied hebben.

Denn geiht he wedder na't Holt un will sik in sin Koffer setten – man wonem is de? De Koffer is upbrennt. En Funk vun dat Füerwark is nableven, de hett Füer anfengt, un de Koffer is blots noch Asch. He kann nich mehr fleegen, nich mehr na sin Bruut kamen.

Se steiht de heele Dag up't Dack un luert. Se luert vundaag noch, un he geiht um'e Welt un vertellt Märkens. Man de sünd nu nich mehr so lustig as dat, wat he vun'e Rietstickens vertellt hett.

De leege König

Dar is mal en leege un broesige König we'n, de hett an nix anners dacht, as dat he all de Länner up'e Welt hett winnen un alleen mit sin Naam all hett bang' maken wullt. Mit Füer un Swert is he up los gahn. Sin Suldaten hebben dat Koorn up'e Feller dalpedd't, se hebben de Buer sin Huus anstaken, dat de rode Flammen de Bläder vun'e Böme lickt hebben, un de Appeln hebben as Braa'appeln an'e swatte, afsengelte Telgens hungen. Männig en arme Mudder hett sik mit ehr naakte Kind an'e Bost achter de qualmen Muur verstaken, un de Suldaten hebben ehr söcht, un wenn se ehr un dat Kind funnen hebben, denn hett se's gresige Spaaß eerst anfungen. De Düvel sülven harr 't nich leeger doon kunnt, man de König hett dücht, jüst sodennig schull dat gahn.

Dag för Dag is sin Macht grötter wurrn, vör sin Naam sünd se all bang' we'n, un bi allens, wat he daan hatt, hett he Glück hatt. Vun de Städer, de he innahmen hett, hett he Gold un grote Schätz wegslept. In sin Königsstadt hett sik en Riekdom uphüüpt, so wat hett dat keen anner Stä' geven. Do hett he denn feine Sloet, Kirchen un Lusthüser buun laten, un all, de de dare Pracht sehn hebben, hebben seggt: „Wat en grote König!" Se hebben nich an all de Noot dacht, de he oever anner Länner bröcht hett, se hebben nich dat Süüfzen un Jammern hört, wat ut de afbrennte Städer kamen is.

De König kickt sin Gold an un kickt sin prachtvulle Buuwarken an, un do denkt he jüst so as de Lüüd: „Wat en grote König! Man ik mutt mehr hebben, vel mehr! Keen Macht dörv as liek gellen un al gar nich grötter as min!" Un he fangt Krieg an mit all sin

145

Navers un kriggt se all ünner de Fööt. De Königs, de he oeverwunnen hett, lett he mit gollne Keden an sin Waag tüdern, wenn he dör de Straten fahrt. Un wenn he to Disch sitten deit, denn moeten se to Föten vun em un de Hofflüüd liggen un mit de Stücken Broot tofreden we'n, de een se dar hensmieten deit.

Denn lett de König sin Standbild oeverall up'e Markten un in de Königssloet upstellen. He will sogar hebben, dat dat in'e Kirch vör dat Altar stahn schall. Man de Preesters seggen: „König, du büst groot, man Gott is grötter. Dat truun wi uns nich!"

„Na guut", seggt de leege König, „denn krieg ik Gott uck noch ünner." Un in de Oevermoot un Doesigkeit vun sin Hart lett he en künstliche Schipp buun, dar kann he mit dör de Luft fahren. Dat is bunt as en Pagelunensteert un süht ut, as wenn dar dusend Ogen up sitten. Man elkeen Oog is en Flintenloop. De König sitt merrn in't Schipp un mutt blots up en Fedder drücken, denn so fleegen dar dusend Kugeln rut, un de Flinten sünd foorts wedder laden as vörher. Hunnert starke Adlers spannt he vör dat dare Schipp, un sodennig flüggt he nu na de Sünn to. De Eerde liggt deep ünnen. Toeerst süht de mit ehr Bargen un Holt blots ut as en felligte Acker, 'nem dat Gröne vun'e umdreihte Grassoden noch rutkickt, naher süht se de platte Landkaart liek, un bald is se heel vun Daak un Wulken verdeckt. Höger un höger rup fleegen de Adlers. Do schickt Gott een vun sin vele Engeln, un de leege König lett dusend Kugeln up em fleegen, man de Kugeln prallen vun de Engel sin lüchten Flünken af as Hagel. En Blootdrüpp, blots een, drüppt vun en witte Flünkenfedder, un de dare Drüpp fallt up dat Schipp, 'nem de König in sitten deit. Dar brennt 'n sik fast un is so swaar as dusend Zentner Blie un ritt dat Schipp in susen Fahrt dal na de Eerde to. De starke Flünken vun'e Adlers knacken af, de Wind suust um de König sin Kopp, un de Wulken rundum, de kamen ja vun'e afbrennte Städer, de sehn gefährlich ut as mielengrote Krevten, de se's starke Klauen utstrecken na em, as rullen Steenbrockens un as füerspütten Drakens. Halv doot liggt he in't Schipp, un dat blifft toletzt hängen mang de dicke Boomtelgens in't Holt.

„Ik *will* Gott ünnerkriegen!", seggt he, „ik heff dat nu mal swaren, min Willen schall scheh'n!" Un soeven Jahr lang lett he künstliche Schep buun för un fahren dar dör de Luft mit, he lett Blitzstrahlen ut de härdeste Stahl smeden, denn he will de faste Himmel sprengen. Vun all Sieden sammelt he grote Kriegsheeren, as de Mann bi Mann upstellt stahn, bedecken se en Krink vun en paar Mielen. Se bestiegen de künstliche Schep, de König geiht na sin, do schickt Gott en Mückenswarm, blots een lütte Mückenswarm, de summen um'e König un steken em in Gesicht un Hänne. Vergrellt treckt he sin Swert, man he haut dar blots in'e leddige Luft mit, de Mücken kann he nich drapen. Do gifft he Order, se schoe'n kostbare Deken bringen. De moeten se um em wickeln, dar kann keen Mück mit ehr Stickel dörkamen. Se doon, wat he seggt, man een Mück sett sik up de binnerste Dek. De krabbelt in de König sin Ohr un stickt em dar. Dat brennt as Füer un dat Gift stiggt em in'e Brägen. He ritt sik los, marst sik rut ut'e Deken, ritt sin Tüüg twei un danzt nakelt vör de ruge, wille Suldaten. De spektakeln nu oever de tumpige König, de Gott hett angriepen wullt un de foorts ünnerkregen wurrn is vun een eenzige lütte Mück.

De Swienharr

Dar is mal en arme Königssoehn we'n. He hett en Königriek hatt, dat is man lüerlütt we'n, man doch ümmer noch groot nugg un verheiraden sik dar vun, un heiraden, dat will he.

Nu is dat jo sachs wat driest vun em un truu'n sik un seggen to de Kaiser sin Dochter: „Wullt du mi hebben?" Man he dörv dat sachs wagen, denn sin Naam is wied un sied beröhmt. Dar sünd tominnst hunnert Königsdöchter, de harrn dar „Ja, geern" to seggt, man luer mal af, um se dat uck deit.

Nu woe'n wi mal hören:

Up dat Graff vun de Prinz sin Vadder, dar wasst en Rosenboom, un wat för'n feine Rosenboom! De blöht blots all fiev Jahr un hett denn blots een Blööt, man dat is en Roos, de rüükt so fein, wenn een dar an rüken deit, denn vergitt 'n all sin Sorgen un Kummer. Un denn hett he en Nachtigall, de kann singen, as wenn all de feine Melodien vun'e ganze Welt in ehr lütte Kehl sitten. De dare Roos un de dare Nachtigall schall de Prinzessin hebben. Un darum kamen se beid in grote Sülverfutteralen un warrn na ehr henschickt.

De Kaiser lett se vör sik in'e grote Saal bringen, 'nem de Prinzessin bi is un spelen mit ehr Hoffdamen „Besöök kriegen". Un as se de grote Futteralen mit de Geschenken in süht, do klappt se vör Freud in'e Hänne.

„Wenn dat doch man en lütte Muschikatt weer!", seggt se – man denn kümmt dar de Rosenboom rut mit de feine Roos.

148

„Nee, wat is de nüdlich maakt!", seggen all de Hoff-damen.

„De is mehr as nüdlich", seggt de Kaiser, „de is fein!"

Man de Prinzessin faat't 'n an un kriggt meist dat Blarrn.

„Igitt, Papa", seggt se, „de is nich künstlich, de is *echt!*"

„Igitt!", seggen all de Hoffdamen, „de is echt!"

„Laat uns man eerstmal kieken, wat in dat anner Futteraal in is, ehrer wi vergrellt warrn!", meent de Kaiser, un do kümmt de Nachtigall to'n Vörschien. De singt so fein, een kan nich foorts wat Leeges gegen 'n seggen.

„*Superbe! charmant!*", seggen de Hoffdamen, denn se snacken all tohopen franzöösch, de eene ringer as de anner.

„Wo de dare Vagel mi an de selige Kaiserin ehr Spel-doos erinnern deit", seggt en ole Kavaleer; „och ja, dat is genau desülve Ton, desülve Vördrag!"

„Ja, ja!", seggt de Kaiser, un denn blarrt he as so'n lütte Gör.

„Ik will doch nich annehmen, dat de echt is!", seggt de Prinzessin.

„Doch, doch, dat is en echte Vagel!", seggen de, de 'n bröcht hebben.

„Ja, denn laat de Vagel man fleegen", seggt de Prinzessin, un se will dat up keen Fall hebben, dat de Prinz kümmt.

Man de lett sik dat nich verdreeten. He smert sik in't Gesicht mit Bruun un Swatt, drückt de Mütz deep dal un kloppt an.

„Moin, Kaiser", seggt he, „kunn ik nich hier up't Slott in Deenst kamen?"

„Ja, dat kunn woll angahn", seggt de Kaiser, „ik bruuk nödig een, de de Swiens passen kann, denn dar hebben wi en ganze Barg vun."

Un do ward de Prinz denn annahmen as kaiserliche Swienharr. He kriggt en ringe lütte Kamer nedden bi de Swienstieg, un dar mutt he blieven. Man he sitt de heele Dag un arbeid't, un as dat Avend ward, do hett he en nüdliche lütte Graap maakt, dar sitten rundum lütte Bimmeln an, un wenn de Graap kaakt, denn klingeln se so fein un spelen dat ole Leed:
„Ach, du lieber Augustin,
alles ist weg, weg, weg."
Man dat Allerbeste un Vigeliensche is doch, wenn een blots de Finger in'e Damp vun de dare Graap holen deit, denn kann een foorts rüken, wat för'n Eten in elkeen Schosteen in'e Stadt kaakt ward. Kiek, dat is doch ganz wat anners as de dare Roos.

Do kümmt de Prinzessin dar anspazeert mit all ehr Hoffdamen, un as se de Melodie hört, blifft se stahn un kickt heel vergnöögt: Se kann uck „Ach du lieber Augustin" spelen. Dat is uck allens, wat se kann, un denn man mit een Finger.

„Dat is ja dat, wat ik kann!", seggt se. „Denn mutt dat ja en studeerte Swienharr we'n! Hör mal! Gah hen un fraag em, wat dat dare Instrument kosten schall!"

Un denn mutt een vun de Hoffdamen rinlopen, man se treckt sik Klotzen an. –

„Wat wullt du hebben för de dare Graap?", seggt de Hoffdaam.

„Dar will ik tein Sötens vun'e Prinzessin för hebben!", seggt de Swienharr.

„Gott schall mi bewahren!", seggt de Hoffdaam.

„Ja, weniger kümmt nich in'e Tüüt!", antert de Swienharr.

„Dat is ja en Lümmel!", seggt de Prinzessin, un denn geiht se. Man as se en lütte Stück gahn is, do spelen de Bimmeln so fein:

„Ach, du lieber Augustin,
alles ist weg, weg, weg!"

„Hör mal", seggt de Prinzessin, „fraag em, um he nich will tein Sötens vun min Hoffdamen hebben!"

„Nee, besten Dank!", seggt de Swienharr. „Tein Sötens vun'e Prinzessin, oder ik behol de Graap."

„So'n Schiet aver uck!", seggt de Prinzessin. „Man I moeten ju vör mi henstellen, dat keeneen dat wies ward!"

Un de Hoffdamen stellen sik vör ehr up, un denn spree'n se se's Kleeder, un denn kriggt de Swienharr de tein Sötens, un se kriggt de Graap.

Na, dat gifft en Spaaß! De heele Avend un de heele Dag mutt de Graap kaken. Dar is nich een Schosteen in'e heele Stadt, 'nem se nich vun weeten, wat dar kaakt ward, eendoont um dat is bi de Kamerherr oder bi de Schooster. De Hoffdamen danzen un klappen in'e Hänne.

„Wi weeten, wokeen söte Supp un Pannkoken kriggt! Wi weeten, wokeen Grütt un Kabbenaa' kriggt! Wat is dat doch intressant!"

„Ja, man hol reine Mund, ik bün ja de Kaiser sin Dochter!"

„Gott schall uns bewahren!", seggen se all tosamen.

De Swienharr – mit anner Wöör, de Prinz, man se weeten dat ja nich anners, as dat he en richtige Swienharr is – de lett de Dag nich hengahn, ahn dat he wat deit. Un do maakt he en Knarr, wenn een de rumdreihn lett, denn spelt 'n all de Walzers un Schottschen, de een kennt vun'e Anfang vun'e Welt bet nu.

„Dat is ja *superb!*", seggt de Prinzessin, as se vörbikümmt. „Ik heff noch nie nich en feinere Kompositschon hört. Hör mal! Gah rin un fraag em, wat dat dare Instrument kosten schall. Man küssen do ik nich!"

„He will hunnert Sötens vun de Prinzessin hebben!", seggt de Hoffdaam, de binnen we'n is un fragen.

„De Keerl is ja woll verrückt!", seggt de Prinzessin, un denn geiht se. Man as se en lütte Stück gahn is, do blifft se stahn.

„Een mutt de Kunst upmuntern!", seggt se. „Ik bün ja de Kaiser sin Dochter. Segg em, he kriggt tein Sötens so as güstern, de Rest kann he vun min Hoffdamen kriegen."

„Ja, dat woe'n wi aver gar nich geern!", seggen de Hoffdamen.

„Dat is ja dumme Snack", seggt de Prinzessin, „un wenn ik em küssen kann, denn koenen I dat ja woll uck! Denk an, ik bün dat, de ju Kost un Lohn geven deit!" Un denn mutt de Hoffdaam wedder rin na em.

„Hunnert Sötens vun'e Prinzessin", seggt he, „oder elk behollt sin!" – „Stell ju darvör!!!", seggt se, un do stellen all de Hoffdamen sik darvör, un he geiht bi un küssen.

„Wat mag dat doch för'n Uploop we'n dar nedden bi de Swienstall!", seggt de Kaiser. He is rutgahn up'e Balkong. He rifft sik de Ogen un sett de Brill up. „Dar sünd ja de Hoffdamen bi. Do mutt ik doch mal dal un nakieken!" Un denn treckt he sin Tüffeln achtern hooch, denn dat sünd Schoh, dar hett he de Kappen vun dalpedd't.

Verdori, wat löppt he!

As he dalkümmt in'e Hoff, geiht he ganz suutje, un de Hoffdamen hebben dat so hild mit un tellen de Sötens, dat dat doch uck jo ehrlich togeiht, se kriegen gar nix mit vun'e Kaiser. He stellt sik up'e Tehnspitzen.

„Wat schall dat denn to!", seggt, as he süht, se küssen sik, un denn haut he se up'e Kopp mit sin Tüffel, jüst as de Swienharr de sössuntachentigste Söten kriggt. „Heraus!", seggt de Kaiser, denn he is füünsch, un beide, de Prinzessin un de Swienharr warrn ut sin Kaiserriek rutsmeten.

Dar steiht se nu un blarrt, de Swienharr schimpt un de Regen pladdert man so dal.

„Och, ik Stackelsminsch!", seggt de Prinzessin, „harr ik doch man de feine Prinz nahmen! Och, wat bün ik nu unglücklich!"

Un de Swienharr geiht achter en Boom, wischt sik dat Swatte un Brune vun't Gesicht, smitt sin ole

Plünnen af un kümmt denn vör in sin Prinzentüüg, so fein, de Prinzessin mutt dar rein vör knicksen.

„Di kiek ik mit'e Moors nich mehr an, du!", seggt he. „En ehrliche Prinz wu'st du nich hebben! Mit'e Roos un de Nachtigall kunnst du nix anfangen, man de Swienharr kunnst du küssen för so'n Spelkraam! Nu seh man to, wonem du afbliffst!" –

Un denn geiht he rin in sin Königriek un maakt ehr de Dör vör de Näs to. Do kann se denn ja würklich singen: „Ach du lieber Augustin, alles ist weg, weg, weg!"

De Nachtigall

In Schina – man dat weetst du ja sachs – in Schina
is de Kaiser en Schinees, un all, de he um sik hett,
sünd uck Schineesen. Dat is nu al vele Jahren her,
man jüst darum lohnt sik dat un hören de Geschicht,
ehrer 'n vergeten ward. De Kaiser sin Slott, dat is
dat prachtvullste we'n up'e heele Welt, heel un deel
ut feine Pozlaan, so kostbar, man uck so schoer, so
septil[1] un faten an, een hett sik düchtig vörsehn
musst. In'e Gaarn hett 'n de gediegenste Blöme sehn,
un bi de allerfeinsten sünd dar Sülverklocken an-
bunnen we'n, de hebben bimmelt, dat 'n nich vörbi-
gahn schull un de Blöme gar nich wies warrn. Ja,
allens in'e Kaiser sin Gaarn is fein utspickeleert
we'n, un de hett so wied reckt, de Gaarner hett sül-
ven nich recht wusst, wonem 'n to Enne is. Is een
bibleven un gahn, denn is he rinkamen in't feinste
Holt mit hoge Böme un deepe Seen. Dat Holt is liek
dalgahn bet an'e See, un de is blau un deep we'n.
Grote Schep hebben bet liek rin ünner de Telgens
seilen kunnt, un in de hett en Nachtigall wahnt, de
hett so wunnerbar sungen, sogar de arme Fischer, de
so vel anners hatt hett un passen, de hett still legen
un tohört, wenn he bi Nacht buten we'n is un trecken
de Netten hooch un hett denn de Nachtigall hört.
„Mein Zeit, wat is dat mal smuck!" hett he seggt,
man denn hett he sin Kraam passen musst un hett
de Vagel vergeten. Man wenn 'n de neegste Nacht
wedder sungen hett un de Fischer is dar rutkamen,
hett he wedder datsülve seggt: „Mein Zeit, wat is dat
mal smuck!"

---

[1] septil = heikel, empfindlich

Vun all Länner up'e Welt sünd reisen Lüüd na de Kaiser sin Stadt kamen un hebben 'n bewunnert un dat Slott un de Gaarn. Man wenn se de Nachtigall hört hebben, hebben se all seggt: „De is doch dat Beste."

Un de Lüüd hebben darvun vertellt, wenn se na Huus kamen sünd, un de Gelehrten hebben en Barg Böker schreven oever de Stadt un dat Slott un de Gaarn, man de Nachtigall hebben se nich vergeten, de hebben se bavenan sett. Un de dar hebben dichten kunnt, hebben de feinste Gedichten schreven, all vun de Nachtigall in't Holt an de deepe See.

De dare Böker sünd de heele Welt rund gahn, un wecken kamen denn uck mal na de Kaiser. He sitt in sin gollne Stohl, les't un les't, all Ogenblick nickkoppt he, denn dat maakt em Spaaß un hören, wo fein de Stadt, dat Slott un de Gaarn beschreven sünd. „Man de Nachtigall is doch dat Allerbeste!", steiht dar denn schreven.

„Wat?", seggt de Kaiser, „de Nachtigall? Dar weet ik ja gar nix vun! Is hier so'n Vagel in min Kaiserriek un denn uck noch in min Gaarn? Dar heff ik noch nie nich wat vun hört! Sowat mutt 'n sik eerst anlesen!"

Un denn röppt he sin Minister, de is so vörnehm, wenn een, de ünner em steiht, dat waagt un snacken mit em oder fragen em wat, denn antert he blots: „P!", un dat seggt ja nu gar nix.

„Dat schall hier ja en ganz gediegene Vagel geven, de Nachtigall heet!", seggt de Kaiser. „Dar ward seggt, de is dat Allerbeste in min grote Riek. Warum hett een mi dar nie nich wat vun seggt?"

„Ik heff dar noch nie nich wat vun hört!", seggt de Minister. „De is nie nich bi Hoff präsenteert wurrn!"

„Ik will, dat 'n vunavend hierher kamen deit un för mi singt!", seggt de Kaiser „Do weet de heele Welt, wat ik heff, un ik weet dar nix vun!"

„Ik heff dar noch nie nich wat vun hört", seggt de Minister. „Ik will 'n söken, un ik warr 'n al finnen!" –

Man wonem is de to finnen? De Minister löppt all de Treppen up un dal, dör Saalen un Gäng', keen vun all de, de he bemöten deit, hett jichens wat hört vun'e Nachtigall, un de Minister löppt wedder na de Kaiser un seggt, dat is wiss blots so'n Döntje vun de, de Böker schrieven. „Jue kaiserliche Majestät mutt nich allens gloven, wat dar schreven ward! Dat is Spinnkraam un sowat, wat 'n de swatte Kunst nömen deit!"

„Man dat Book, 'nem ik dat in les't heff, is mi vun de grootmächtige Kaiser vun Japan schickt, un denn kann dat ja keen Loegenkraam we'n. Ik will de Nachtigall hören! De hett min höchste Gnaad! Un kümmt 'n nich, schall de heele Hoff en düchtige Puff in'e Buuk kriegen, wenn se Avendbroot eten hebben!"

„Tsing-pe!", seggt de Minister un löppt wedder all de Treppen up un dal, dör Saalen un Gäng'; un de halve Hoff löppt mit, denn se woe'n nich geern en Puff in'e Buuk kriegen. Dat gifft een Fragerie na de dare gediegene Nachtigall, de de heele Welt kennen deit, man keeneen bi Hoff.

Toletzt bemöten se en lütte, arme Deern in'e Koek, de seggt: „Och Gott, de Nachtigall, ja, de kenn ik guut! Ja, wat de singen kann! Elkeen Avend dörv ik en beten wat vun de Resten vun'e Disch na Huus bringen na min arme kranke Mudder, de wahnt nedden an'e Strand, un wenn ik denn t'rügg gah un möö' bün un mi in't Holt en beten utruhn do, denn hör ik de Nachtigall singen. Ik krieg dar rein natte Ogen bi, dat is meist, as wenn min Mudder mi en Söten gifft."

„Lütte Koekendeern", seggt de Minister, „Se schall fast ansett warrn in'e Koek un dörv de Kaiser bi't Eten seh'n, wenn Se uns na de Nachtigall föhren kann, denn de is för vunavend inbestellt!" –

Un denn maken se sik all up'e Padd rut in't Holt, 'nem de Nachtigall ümmer singen deit. De halve Hoff is mit. As se fein in'e Gang' sünd, fangt en Koh an un bölkt.

„Oh", seggen de Hoffjunkers, „nu hebben wi 'n! Dat is doch gediegen, wat dar för'n Kraft in so'n lütte Deert stickt! De heff ik ganz bestimmt al mal hört!"

„Nee, dat sünd de Köh, de dar bölken", seggt de lütte Koekendeern, „wi sünd noch lang' nich dar!"

Nu quarken de Hoppetuutsen[1] in'e Diek.

„Fein!", seggt de schinees'sche Hoffpreester, „nu hör ik 'n, dat hört sik rein an as lütte Kirchenklocken!"

„Nee, dat sünd de Hoppetuutsen!", seggt de lütte Koekendeern. „Man nu denk ik, wi warrn 'n bald hören."

Denn fangt de Nachtigall an un singt.

„Dat is 'n", seggt de lütte Deern, „hör! Hör! Un kiek, dar sitt 'n!" Un denn wiest se up en lütte, graue Vagel baven in'e Telgens.

---

[1] Hoppetuuts = Frosch

„Is dat moeglich!", seggt de Minister. „Sodennig heff ik mi de gar nich vörstellt! Wat süht de simpel ut! De is wiss de Klör verschaten vun un sehn so vel vörnehme Minschen bi sik!"

„Lütte Nachtigall!", röppt de lütte Koekendeern ganz luut, „unse gnädige Kaiser will geern, dat Se för em singen!"

„Mit gröttste Vergnögen!", seggt de Nachtigall un singt, dat dat en Lust is.

„Dat hört sik rein an as Glasklocken!", seggt de Minister. „Un kiek mal de lütte Kehl, wo 'n sik afmarsen deit! Is doch gediegen, dat wi 'n noch nie nich hört hebben! De ward bi Hoff groot rutkamen!"

„Schall ik nochmal för de Kaiser singen?", fraagt de Nachtigall, de meent ja, de Kaiser is mit.

„Min verehrte lütte Nachtigall", seggt de Minister, „ik heff de grote Freud un schall Se to en Hoffest vunavend bestellen, 'nem Se sin hoge kaiserliche Gnaden mit Se's charmante Gesang besnirren warrn!"

„Man dat hört sik an besten an buten in't Gröne!", seggt de Nachtigall, aver 'n kümmt doch geern mit, as 'n hört, de Kaiser will dat geern hebben.

Up't Slott hebben se arig upputzt. Wänne un Del – de sünd ja vun Pozlaan – schienen vun vel dusend Goldlampen. De feinste Blöme, de recht klingen koenen, sünd in'e Gäng upstellt. Dar is een Lopen un en Togg un Treck, man denn klingen jüst all de Klocken, een kann sin eegne Woort nich verstahn.

Merrn in'e grote Saal, 'nem de Kaiser sitten deit, is en Goldpinn upstellt, dar schall de Nachtigall up sitten. De heele Hoff is dar, un de lütte Koekendeern dörv achtern bi de Dör stahn, se hett ja nu de Titel „Würkliche Koekendeern". All sünd se in se's beste Staat, un all kieken se up de lütte graue Vagel, un de Kaiser nickt 'n to.

Un de Nachtigall singt so fein, dat de Kaiser Tranen in'e Ogen kriggt, un de Tranen rullen em dal oever de Backen, un do singt de Nachtigall noch smucker, dat geiht so recht an't Hart. Un de Kaiser freut sik sodennig, dat de Nachtigall sin gollne Tüffel um'e Hals hebben schall. Man de Nachtigall bedankt sik, se hett al Lohn nugg.

„Ik heff Tranen in de Kaiser sin Ogen sehn, dat is för mi de riekste Schatz! En Kaiser sin Tranen hebben en wunnerbare Macht! Weet Gott, ik bün belohnt nugg!" Un denn singt 'n wedder mit ehr söte, wunnerbare Stimm.

„Dat is de leevtaligste Koketterie, de ik kenn", seggen de Damen rundum, un denn nehmen se Water in'e Mund för un gluckern, wenn een mit se snackt: Se meenen, denn sünd se uck Nachtigallen. Ja, un de Lakaien un Kamerdeerns laten mellen, se sünd uck tofreden, un dat will al wat heeten, denn de dat recht to maken, dat is dat Swaarste. Ja, de Nachtigall spreed't würklich Glück!

Se schall nu bi Hoff blieven, ehr eegne Buur hebben un de Frieheit un spazeern tweemal an'e Dag un eenmal in'e Nacht rut. Twölf Deeners kriggt 'n mit, all hebben se en Siedenband an'e Been vun'e Vagel un holen guut fast. Dar is gar keen Spaaß bi de dare Tour.

De heele Stadt snackt vun de dare gediegene Vagel, un wenn twee sik bemöten, denn seggt de eene blots:

„Nacht-!", un de anner seggt: „gall", un denn süüfzen se un verstahn sik gegensiedig. Ja, ölben Speckhoekerkinner warrn na 'n benöömt, man nich een vun se hett uck man een Toon in't Liev. –

Een Dag kümmt dar en grote Pakeet för de Kaiser, dar steiht mit grote Bookstaven up schreven: „Nachtigall".

„Dar hebben wi mal wedder en nüe Book oever unse beröhmte Vagel", seggt de Kaiser. Man dat is keen Book. Wat dar in'e Schachtel liggen deit, dat is en lütte Kunstwark, en künstliche Nachtigall, de schall utsehn as de lebennige, man se is heel un deel besett mit Demanten, Rubinen un Saphiren. Wenn 'n de Kunstvagel uptrecken deit, kann de een vun de Stücken singen, de de echte singen deit, un denn geiht de Steert up un dal un glinstert vun Sülver un Gold. Um'e Hals hängt en lütte Band, un dar steiht up schreven: „De Kaiser vun Japan sin Nachtigall is man ring gegen de Kaiser vun Schina sin".

„De is ja fein!", seggen se all tohopen, un de de Vagel bröcht hett, kriggt foorts de Titel „Boeverkaiserliche Nachtigallen-Bringer".

„Nu moeten se tosamen singen! Wat dat för'n Duett afgeven ward!"

Un denn singen se tosamen, man dat will nich so recht gahn, denn de echte Nachtigall singt up ehr Aart, un de Kunstvagel löppt up Walzen. „De kann dar nix för", seggt de Spelmeister, „de is vullstännig taktfast un ganz vun min School!" Denn schall de Kunstvagel mal alleen singen. – De gefallt de Hoffllüüd jüst so guut as de echte, un denn is 'n ja uck vel nüdlicher un kieken an: De glinstert as Armband un Bostnadel.

Dreeundörtigmal singt 'n een un datsülve Stück un ward doch nich möö'. De Lüüd harrn 'n geern nochmal vun vörn hört, man de Kaiser meent, nu schall uck de lebennige Nachtigall mal en beten singen. Man wonem is 'n? Keeneen hett dat markt, dat 'n rutflagen is ut dat apene Finster, hen na ehr gröne Holt.

„Man wat schall dat denn to!", seggt de Kaiser, un all de Hofflüüd schimpen un meenen, de dare Nachtigall is en ganz undankbare Deert. „De beste Vagel hebben wi doch!", seggen se, un denn mutt de Kunstvagel nochmal singen. Un dat is nu dat veerundörtigste Mal, dat se datsülve Stück kriegen, man se koenen dat noch nich so ganz, denn dat is so swaar, un de Spelmeister laavt de Vagel ganz bannig, un he seggt, de is beter as de echte Nachtigall, nich blots wat dat Kleed angeiht un all de feine Demanten, man uck inwennig.

„Denn sehn Se, mine Herrschaften, de Kaiser vör allen! Bi de echte Nachtigall kann een nie nich bereken, wat dar kümmt, man bi de Kunstvagel is allens bestimmt, sodennig ward dat un nich anners! Een kann dat verklaren, een kann 'n upmaken un dat minschliche Denken wiesen, wodennig de Walzen liggen, wodennig se lopen un wodennig dat eene vun dat anner kümmt!"

„Dat's ganz, wat ik uck denk!", seggen se all tosamen, un de Spelmeister kriggt Verlööv un föhren de Vagel neegste Sünndag dat Volk vör. De schoe'n 'n uck mal singen hören, seggt de Kaiser. Un se hören 'n un warrn so vergnöögt, as wenn se sik duun drunken hebben an Tee, denn dat is nu so heel un deel schinees'sch. Un all seggen se „Aah!", un all steken se de Wiesfinger in'e Luft, un denn nickkoppen se. Man de arme Fischerslüüd, de de echte Nachtigall hört hebben, de seggen: „Dat hört sik ja ganz nett an, un dat liekt uck woll, man jichens wat fehlt dar an, ik weet nich wat!"

De echte Nachtigall ward ut Land un Riek utwiest.

De Kunstvagel hett sin Platz up en Siedenküssen dicht bi de Kaiser sin Bett. All de Geschenken, de 'n kregen hett, Gold un Eddelsteens, liggen um 'n rum, un an Titel is 'n upstegen to „Hochkaiserliche Nachtdisch-Sänger" in'e boeverste Rang up'e linke Siet, denn de Kaiser hollt de Siet för an vörnehmsten, 'nem dat Hart sitten deit, un uck bi en Kaiser sitt dat Hart nu mal links. Un de Spelmeister schrifft en Wark vun fievuntwintig Bänne oever de Kunstvagel, dat is so gelehrt un lang un mit de allerswaarste schinees'sche Wöör, dat all Lüüd seggen, se hebben dat les't un verstahn, denn anners weern se ja dumm un wurrn en düchtige Puff in'e Buuk kriegen.

Sodennig vergeiht en heele Jahr. De Kaiser, de Hoff un all de anner Schineesen kennen elkeen lütte Kluck in'e Kunstvagel sin Leed butenkopps, man jüst darum gefallt se dat nu allerbest. Se koenen sülven mitsingen, un dat doon se uck. De Stratenjungs singen „Zizizi! Kluck-kluck-kluck!", un de Kaiser singt dat uck! Ja, dat is richtig fein!

Man een Avend, de Kunstvagel is jüst merrn in't feinste Singen, un de Kaiser liggt in't Bett un hört 'n to, do seggt dat „Swupp!" binnen in'e Vagel; dar springt wat: „Surrrrr!" All de Roe' lopen rund, un denn steiht de Musik.

De Kaiser jumpt foorts ut't Bett un lett sin Lievdokter ropen, man wat kann de woll helpen! Denn laten se de Klockenschooster halen, un na vel Snacken un vel Nakieken kriggt he de Vagel so even un even torecht. Man he seggt, de mutt düchtig schoont warrn, denn de is so upsleten in'e Tappens, un dat is nich moeglich un setten nüen in, sodennig dat dat mit de Musik seker lopen deit. Dat is en ja böse Slag in't Kontor! Blots eenmal in't Jahr wagen se dat un laten de Kunstvagel singen, un dat is doch bannig hart. Man denn hollt de Spelmeister en lütte Red' mit all de sware Wöör un seggt, dat is jüst so guut as vördem, un do is dat denn jüst so guut as vördem.

Denn sünd fiev Jahr rum, un dat heele Land kriggt en richtig grote Kummer, denn se moegen eegentlich all se's Kaiser geern. Nu is he krank un liggt up'e Dood, heet dat, en nüe Kaiser is al wählt, un de Lüüd stahn buten up'e Straat un fragen de Minister, wodennig dat se's Kaiser geiht.

„P!", seggt he un schüttkoppt.

Koold un bleek liggt de Kaiser in sin grote, prächtige Bett, de heele Hoff meent, he is doot, un all lopen se hen un begröten de nüe Kaiser. De Kamerdeeners lopen rut för un snacken darvun, un de Slottsdeerns hebben grote Kaffegesellschaft. Rundum in all Saalen un Gäng' liggen Deken, dat man keeneen gahn hören schall, un darum is dat still, o so still. Man de Kaiser is noch nich doot. Stief un bleek liggt he in dat prächtige Bett mit de lange Sammtgardinen un de sware Goldquasten. Hooch baven steiht en Finster apen, un de Maand schient rin up'e Kaiser un de Kunstvagel.

De arme Kaiser kann meist nich de Luft dörhalen, dat is meist, as wenn dar wat up sin Bost sitten deit. He sleit de Ogen up, un do süht he, dat is de Dood, de dar up sin Bost sitten deit, un de hett sin gollne

Kroon upsett un hett in'e eene Hand de Kaiser sin gollne Säbel un in'e anner sin prächtige Fahn. Un rundum ut'e Folen vun'e grote Sammtbettgardinen kieken gediegene Köppe rut, wecken ganz gresig, annern ganz mild un fründlich: Dat is all dat, wat de Kaiser in sin Leven Gudes un Leeges daan hett, dat kickt em an, nu de Dood up sin Hart sitt.

„Kannst dat noch denken?", fluustert de eene na de anner. „Kannst dat noch denken?" Un denn vertellen se em so vel, dat em de Sweet ut'e Vörkopp schütt.

„Dat heff ik ja nie nich wusst!", seggt de Kaiser. „Musik, Musik, de grote schinees'sche Trummel!", röppt he, „dat ik dat doch nich allens hören mutt, wat se seggen!"

Un se blieven bi, un de Dood nickkoppt as so'n Schinees to allens, wat dar seggt ward.

„Musik, Musik!", schriet de Kaiser. „Du leeve lütte Goldvagel, sing doch, sing! Ik heff di Gold geven un Eddelsteens, ik heff di sülven min gollne Tüffel um'e Hals hängt, sing doch, sing!"

Man de Vagel steiht still, dar is keeneen un trecken 'n up, un denn singt 'n nich. Man de Dood blifft bi un kieken de Kaiser an mit sin grote, leddige Ogenlöcker, un dat is so still, so gresig still.

Do klingt mitmal dicht bi't Finster de feinste Gesang. Dat is de lütte lebennige Nachtigall, de sitt up'e Telgen butenvör. De hett vun'e Kaiser sin Noot hört un is darum kamen för un singen em Troost un Hapen. Un as 'n so singt, warrn de Gestalten ümmer blasser, dat Bloot kümmt gauer un gauer in Gang' in'e Kaiser sin flaue Leden, un de Doot sülven hört to un seggt: „Bliev bi, lütte Nachtigall, bliev bi!"

„Ja, wullt du mi denn de prächtige Goldsäbel geven? Wullt du mi de rieke Fahn geven? Wullt du mi de Kaiser sin Kroon geven?"

Un de Dood gifft elkeen Stück hen för en Leed, un de Nachtigall singt noch ümmer wieder, un 'n singt vun'e stille Kirchhoff, 'nem de wille Rosen wassen, 'nem de Fleederbeerboom so fein rüükt un 'nem dat frische Gras watert ward vun'e Tranen vun de, de dar nableven sünd. Do kriggt de Dood Lengen na sin Gaarn un swevt as en kole, witte Daak ut't Finster.

„Dank! Dank!", seggt de Kaiser. „Du himmelsche Vagel, ik kenn di woll! Di heff ik ut min Land un Riek jaagt! Un doch hest du de leege Spöök vun min Bett sungen, hest de Dood vun min Hart kregen! Wodennig schall ik di dat lohnen?"

„Du hest mit dat al lohnt!", seggt de Nachtigall. „Ik heff Tranen vun din Ogen kregen, as ik dat eerste Mal vör di sungen heff, dat verget ik di nie nich. Dat sünd de Juweelen, de en Sängerhart guut doon. Man nu slaap un warr wedder risch un stark. Ik will för di singen."

Un denn singt 'n – un de Kaiser fallt in en söte Slaap, un de dare Slaap is so mild un deit em so guut.

De Sünn schient in'e Finstern rin na em, as he waak ward, stark un risch. Keen vun sin Deeners is noch wedderkamen, se meenen ja, he is doot, man de Nachtigall sitt noch un singt.

„Du musst ümmer bi mi blieven", seggt de Kaiser. „Du scha'st blots singen, wenn du dat sülven wullt, un de Kunstvagel hau ik in dusend Stücken.

„Dat do nich!", seggt de Nachtigall. „De hett ja daan, wat 'n kunn. Behol 'n so as ümmer. Ik kann nich up't Slott wahnen, man laat mi kamen, wenn ik Lust heff, denn will ik avends up'e Telgen dar bi't Finster sitten un för di singen, dat du to lieker Tied froh un nadenkern warrn kannst. Ik will vun de in't Glück singen un vun de in't Leed. Ik will vun dat Leege un dat Gude singen, wat rund um di to heemlich holen ward. So'n lütte Singvagel as ik flüggt ja wied rum na de arme Fischermann, na de Buer sin Dack, na elkeen, de wied weg is vun di un din Hoff! Din Hart gefallt mi beter as din Kroon, un doch hett de Kroon de Ruuch vun wat Hilliges an sik. Ik kaam un ik sing för di – man een Deel musst du mi toseggen!"

„Allens!", seggt de Kaiser un steiht dar in sin Kaisertüüg, dat hett he sik sülven antrocken, un he hollt de Säbel, de swaar is vun Gold, an sin Hart.

„Um een Deel be' ik di: Vertell keeneen, dat du en lütte Vagel hest, de di allens seggen deit, denn geiht dat noch beter!"

Un denn flüggt de Nachtigall weg.

De Deeners kamen un woe'n na se's dode Kaiser kieken. – Tjä, dar stahn se nu, un de Kaiser seggt: „Moin!"

De grimmige[1] Elling[2]

Wat is dat mal fein buten up't Land! Dat is Sommer, dat Koorn steiht gel, de Haver grön, dat Heu is up- sett nedden in'e gröne Wischen, un dar geiht de Adebar up sin lange, rode Beens un snackt ägyp- tisch, denn de Spraak hett he lehrt vun sin Mudder. Rund um Acker un Wisch liggt en grote Holt, un merrn in't Holt sünd deepe Seen. Ja, dat is würklich fein dar buten up't Land. Merrn in'e Sünnschien liggt dar en ole Herrenhoff mit deepe Gravens rund- um, un vun'e Muern bet nedden an't Water wassen grote Schreppbläder[3], de sünd so hooch, lütte Gör'n koenen liek up un dal ünner de gröttsten stahn. Dat is dar binnen jüst so verwillert as in dat dickste Holt, un dar liggt en Ent up ehr Nest. Se schall ehr lütte Ellings utbröden, man nu hett se dar meist de Näs vull vun, denn dat duert so lang', un se kriggt knapp mal Besöök. De anner Enten swümmen leever in'e Gravens rum, as dat se ruplopen un ünner en Schreppblatt sitten un snatern mit ehr.

Upletzt spreckt een Ei na dat anner: „Piep, piep!", seggt dat, all de Dotters sünd lebennig wurrn un steken de Köppe rut.

„Rapp, rapp!", seggt se, un do kamen se so rapp to Been, as se man koenen, un kieken na all Sieden ünner de gröne Bläder. Un de Mudder lett se so vel seh'n, as se woe'n, denn dat Gröne is guut för de Ogen.

---

[1] grimmig = hässlich (dän. grim)
[2] Elling = junge Ente (Flensburger Gegend)
[3] Schrepp = Ampfer

„Wat is de Welt doch groot!", seggen all de Lütten. Se hebben nu aver uck ganz anners Platz as vörher, as se noch in't Ei legen hebben.

„Meenen I, dat is de heele Welt!", seggt de Mudder. „Vun wegen! De geiht noch bet wied up'e anner Siet vun'e Gaarn, bet hen na de Preesterkoppel. Man dar bün ik nie nich we'n. – I sünd doch woll all dar?" Un do steiht se up. „Nee uck doch, ik heff se noch nich all, dat gröttste Ei liggt dar noch. Wo lang' schall dat denn noch duern! Ik heff dat nu bald satt!" Un denn leggt se sik wedder dal.

„Na, wo geiht't?", fraagt en ole Ent, de kümmt to Kindskiek.

„Dat duert so lang' mit dat eene Ei", seggt de Ent, de up't Ei liggen deit. „Dar will keen Lock up kamen! Man kiek mal de annern, dat sünd de feinste Ellings, de ik sehn heff! De sehn all se's Vadder liek, de Schietkeerl, he kümmt nich un besöcht mi."

„Laat mi dat Ei mal seh'n, wat nich tweigahn will!", seggt de Oolsch. „Gloov man, dat is en Kallekutenei[1]. Sodennig bün ik uck mal anscheten wurrn, un ik harr min Kummer un Noot mit de Gör'n, denn de sünd bang' vör't Water, kann ik di seggen! Ik kunn un kunn se nich rinkriegen. Ik heff rappt un snappt, man dat hulp nich! – Laat mal seh'n. Ja, dat is en Kallekutenei! Laat du dat liggen un lehr de annern Kinner Swümmen."

„Ik will dar man doch noch en beten up liggen", seggt de Ent. „Heff ik nu so lang' legen, denn kann ik uck noch de Jahrmarktstied liggen!"

---

[1] Kallekut = Pute

„Ja, vun mi ut!", seggt de ole Ent, un denn geiht se.

Upletzt geiht dat grote Ei denn uck twei. „Piep, piep", seggt dat Junge un wöltert rut un is so groot un wanschapen. De Ent kickt et an: „Dat is ja en gresig grote Elling, de dare!", seggt se. „Keen vun de annern süht sodennig ut. Dat is doch woll keen Kallekutenküük! Na, dar kamen wi bald achter. To Waters schall he, un wenn ik em sülven rinsparken mutt!"

De neegste Dag is dat en wunnerbare, feine Wedder; de Sünn schient up all de Schreppen. De Ellingmudder mit ehr ganze Familie kümmt nedden an'e Graav to Vörschien. Platsch! springt se in't Water. „Rapp, rapp!", seggt se, un een Elling na de anner plumpst rin. Dat Water sleit se oever de Kopp tohopen, man se kamen foorts wedder na baven un swümmen woll so fein. De Beens gahn vun ganz alleen, un all sünd se binnen, uck dat wanschapene, graue Junge swümmt mit.

„Nee, dat is keen Kallekut", seggt se. „Kiek, wo fein 'n de Beens bruukt, wo liek 'n sik holen deit. Dat is al min eegne Kind. Eegentlich is 'n doch ganz smuck, wenn een richtig henkieken deit. Rapp, rapp! Kumm nu mit mi, denn föhr ik ju in'e Welt in un präsenteer ju in'e Entenhoff, man holl ju ümmer dicht an mi, dat keeneen up ju pedd'n deit, un wahr ju vör de Katten!"

Un denn kamen se rin in'e Entenhoff. Dat is en gresige Spektakel dar binnen, denn dar sünd twee Familien, de hau'n sik um en Aalkopp – un denn geiht dar doch de Katt af mit.

„Kiek, sodennig geiht dat to in'e Welt!", seggt de Ellingmudder un slickt sik um'e Snavel; de dare Aal-

kopp harr se uck geern hatt. „Nu bruuk de Beens!",
seggt se. „Se to un beweg ju, un maak en Diener vör
de ole Ent dar achtern! Se is de vörnehmste vun se
all hier. Se hett spaansche Bloot, darum is se swaar,
un kiek, se hett en rode Plünn um'e Been. Dat is
ganz wat Feines un de gröttste Ehr, de en Ent krie-
gen kann, dat bedüüd't so vel as: Se woe'n ehr nich
loswe'n, un se schall kennt warrn vun Deerten un
vun Minschen. Nu seh to! Pedd ju nich up'e Fööt! En
guut tolehrte Elling sett de Beens wied ut'nanner, so
as Vadder un Mudder. Kiek hier. Maak nu en Diener
un segg: Rapp!"

Un dat doon se. Man de anner Enten rundum kieken
se an un seggen ganz luut: „Nu kiek! Nu schoe'n wi
de dare Upschack uck noch to hebben. As wenn wi
nich so al nugg sünd! Un igitt, wat süht de dare eene
Elling ut. Em woe'n wi nich hebben!" Un foorts
flüggt dar en Ent hen un bitt 'n in'e Nack.

„Laat em in Ruh!", seggt de Mudder. „He deit doch
keeneen wat!"

„Ja, man he is to groot un to gediegen!", seggt de
Ent, de em beten hett. „Un darum mutt he piert
warrn!"

„Dat sünd mal wecke smucke Kinner, de Mudder
hett", seggt de ole Ent mit'e Plünn um'e Been, „all
tosamen smuck bet up de eene, de is nix wurrn! Ik
wull, de kunn se nochmal ummaken!"

„Dat geiht man nich, Jue Gnaden!", seggt de Elling-
mudder. „He is ja nich smuck, man he hett en richtig
gude Natur, un swümmen deit he jüst so fein as
jichens een vun de annern, ja, ik much meist seggen,
noch en lütte beten beter. Ik denk, he wasst sik noch
torecht oder ward mit de Tied en beten lütter. He

171

hett to lang' in't Ei legen, un darum hett he nich dat richtige Utsehn kregen." Un denn kleit se em in'e Nack un maakt em en beten schier. „Un denn is he ja en Anrak[1]", seggt se, „un denn maakt dat nich so vel! Ik gloov, he kriggt mal gude Knoev, he sleit sik sachs dör."

„De anner Ellings sünd nüüdlich!", seggt de Oolsch. „Do nu, as wenn I to Huus sünd, un wenn I en Aal-kopp finnen, denn koenen I mi de bringen!" –

Un denn sünd se as to Huus.

Man de arme Elling, de toletzt ut't Ei kamen is un so eklig utsehn deit, de ward beten un pufft un vernarr holen, un dat vun'e Enten un uck vun'e Höhner. „He is to groot!", seggen se all. Un de kallekuutsche Hahn, de is mit Sparen baren un meent darum, he is en Kaiser, de puust' sik up as en Schipp vör vulle Seils, geiht liek up em dal, un denn kullert he un kriggt en ganz rode Kopp. De arme Elling weet gar nich, wonem he stahn oder gahn dörv, he is so trurig, dat he so wanschapen utsüht un för de heele Enten-hoff to Spektakel is.

Sodennig geiht dat de eerste Dag, un denn ward dat ümmer leeger. De arme Elling ward vun se all jaagt, sogar sin Bröder un Süstern sünd so leeg to em, un se seggen ümmer: „Wenn di doch man de Katt halen wull, du eklige Stramunkel!" Un de Mudder seggt: „Weerst du doch man wied weg!" Un de Enten bieten em, un de Höhner hacken em, un de Deern, de de Deerten fuddern schall, sparkt na em mit'e Foot.

Do löppt he un flüggt oever de Tuun; de lütte Vageln in'e Büsche fahren vör Schreck tohööcht. „Dat is,

---

[1] Anrak = Erpel; in Holstein: „Waart"

wiel ik so wanschapen bün", denkt de Elling un maakt de Ogen to, man löppt liekers afste'. Do kümmt he rut in't grote Moor, nem de Wildenten wahnen. Dar liggt he de heele Nacht un is so möö' un so trurig.

An'e Morrn fleegen de Wildenten hooch, un se kieken sik de nüe Kolleeg an. „Wat büst du denn för een?" fragen se, un de Elling dreiht sik na all Sieden un grötet so guut, as he kann.

„Du büst ja mal wat grimmig!" seggen de Wildenten. „Man dat kann uns ja eendoont we'n, wenn du nich in unse Familie inheiraden deist." – De Stackel! He denkt doch den Deuvel an't Heiraden, wenn he man in't Reet liggen dörv un en beten Moorwater drinken!

Dar liggt he twee ganze Daag, denn kamen dar twee Wildgöös an, oder richtiger Wildganners, denn dat sünd twee He'kens. Dat is noch nich lang' her, dat se ut't Ei krapen sünd, darum sünd se so driest.

„Hör mal, Kolleeg!", seggen se. „Du büst so grimmig, du gefallst mi! Wullt du mit rumstromern un Treck-vagel we'n? Dicht bi in en anner Moor sünd en paar söte, feine Wildgöös, all Jumfern, de ‚Rapp!' seggen koenen. Du büst instann un maken din Glück, so grimmig as du büst."

„Piff! Paff!" geiht dat do baven oever, un beide Wild-ganners fallen doot dal in't Reet, un dat Water farvt sik blootroot. „Piff! Paff!" geiht dat wedder, un ganze Flocks vun Wildgöös fleegen rut ut't Reet, un denn ballert dat wedder. Dar is grote Jagd, de Jägers liggen rund um't Moor, un wecken sitten uck baven in'e Telgens vun'e Böme, de recken sik wied oever't Reet. De blaue Qualm drifft as Wulken rin mang de

düüstere Böme un hängt wied oever't Water. In'e
Mudd kamen de Jagdhünne, platsch, platsch. Reet
un Rüüsch sweien na all Sieden. Dat is di een
Schreck för de arme Elling! De dreiht de Kopp rum
för un kriegen 'n ünner de Flünk, do steiht mitmal
dicht bi em en gresig grote Hund, de Tung wied ut'e
Hals, un de Ogen lüchten gresig grulig. He hollt sin
Muul liek dal na de Elling, wiest de scharpe Tähns –
un platsch! platsch! geiht he wedder weg un nimmt
em nich mit.

„O, Gottloff!", süüfzt de Elling. „Ik bün so grimmig,
mi mag nich mal de Hund bieten!"

Un denn liggt he ganz still, wieldes dat Schrot dör't
Reet suust, un dat knallt Schuss um Schuss.

Eerst vel later an'e Dag ward dat ruhig, man de
arme Jungvagel truut sik noch nich un kamen hooch,
he töövt noch en paar Stunnen, ehrer he sik um-
kickt, un denn süht he to un kamen weg vun't Moor
so gau, as he man kann. Dat geiht oever Feld un
oever Wisch, un dat is een Wind, he kann dar man
knapp gegenan kamen.

Hen to Avend kümmt he na en armselige lütte
Buernkaat. De is so elennig, 'n weet sülven nich, na
wat för'n Siet 'n umfallen will, un do blifft 'n denn
stahn. De Wind suust sodennig um'e Elling, he mutt
sik al up'e Steert setten un holen dargegen. Un dat
ward ümmer leeger. Do markt he, de Döör is ut'e
eene Häng gahn un hängt so scheef, he kann dör de
Spreck rinwitschen in'e Stuuv, un dat deit he uck.

Dar binnen wahnt en ole Fruunsminsch mit ehr
Kater un ehr Hehn, un de Kater, de nöömt se
Soehneken, de kann en Puckel maken un snurren.

174

He kann sogar knistern, man denn mutt 'n em gegen de Strek strieken. De Hehn hett ganz lütte, korte Beens, un darum heet se „Kükelikortbeen". De leggt fein Eier, un de Oolsch hett ehr leev as ehr eegne Kind.

An'e Morrn warrn se ja foorts de frömde Elling wies, un de Kater ward snurren un de Hehn klucken.

„Nanu!", seggt de Oolsch un kickt sik um. Man se kann nich so guut kieken, un do meent se, de Elling is en fette Ent, de verbiestert is. „Dat is ja en feine Fang!", seggt se. „Nu kann ik Enteneier kriegen. Wenn dat man keen Anrak is! Dat moeten wi utprobeern!"

Un do ward de Elling to Proov annahmen för dree Wuchen, man dar kamen keen Eier. Un de Kater is Herr in't Huus, un de Hehn is Madamm, un ümmer seggen se: „Wi un de Welt!" Denn se meenen, se sünd dat Halve, un denn uck dat Allerbeste. De Elling dücht, een kann uck en anner Meenen hebben, man dar will de Hehn nix vun weeten.

„Kannst du Eier leggen?", fraagt se.

„Nee."

„Ja, denn hol din Sabbel!"

Un de Kater seggt: „Kannst du en Puckel maken un snurren un knistern?"

„Nee."

„Ja, denn scha'st du uck keen Meenen hebben, wenn vernünftige Lüüd snacken!"

Un de Elling sitt in'e Eck un is schiet topass. Do ward he an'e frische Luft denken un an'e Sünnschien, un he kriggt mitmal so'n gediegene Lust un swümmen up't Water. Toletzt kann he sik nich mehr betähmen, he mutt dat to de Hehn seggen.

„Wat is di denn weg?", fraagt de. „Du hest nix to doon, darum kamen so'n Grappen oever di. Legg Eier oder snurr, denn gahn se vörbi."

„Man dat is sowat Feines un swümmen up't Water!", seggt de Elling. „Dat is so fein un kriegen dat oever de Kopp un dükern dal up'e Grund!"

„Ja, wiss, dat is di een Vergnögen!", seggt de Hehn. „Du büst woll verrückt wurrn! Fraag mal de Kater, dat is de Klöökste, de ik kenn, um he mag up't Water swümmen oder ünnerdükern! Vun mi will ik gar nich snacken. Oder fraag mal unse Herrschaft, de ole Fruu, klöker as se is keeneen up'e Welt! Meenst du, de hett Lust un swümmen un kriegen Water oever de Kopp?!

„I verstahn mi nich!", seggt de Elling.

„Ja, wenn wi di nich verstahn, wokeen schall di denn verstahn! Du wullt doch woll nich klöker we'n as de Kater un de Fruu, vun mi will ik gar nich snacken! Tier di nich, Gör! Un dank du de leeve Gott för all dat Gude, wat een för di daan hett! Büst du nich in en warme Stuuv kamen un hest en Umgang, 'nem du wat vun lehrn kannst? Man du büst en Quatschkopp, un dat is keen Spaaß un hebben mit di to doon. Mi kannst du gloven! Ik meen dat guut mit di, ik seggt di leidige Saken, un dar schall een sin wahre Frünnen an kennen! Seh du nu man to un leggen Eier oder lehr Snurren oder Knistern!"

„Ik gloov, ik gah rut in'e wiede Welt!", seggt de Elling.

„Ja, do du dat!", seggt de Hehn.

Un denn geiht de Elling. He swümmt up't Water, he dükert dal, man vun all Deerten ward he oeversehn, so grimmig as he is.

Denn kümmt de Harvst, de Bläder in't Holt warrn gel un bruun, de Wind kriggt se faat, dat se rumdanzen, un baven in'e Luft süht dat ut na Frost. De Wulken hängen swaar mit Hagel un Sneeflocken, un up'e Tuun steiht de Kreih un schriet „Au! Au!" vör luder Küll. Ja, een kann düchtig freeren, wenn 'n dar an denken deit. De arme Elling geiht dat gar nich guut.

Een Avend, as de Sünn glöhnig root ünnergeiht, kümmt dar en heele Flock feine grote Vageln ut'e Büsche, so'n smucken hett de Elling noch nie nich sehn. De sünd ganz lüchten witt mit lange, smiedige Halsen. Dat sünd Swaans, de stöten en ganz afsünnerliche Luut ut, spree'n se's prächtige, lange Flünken un fleegen weg vun de kole Gegenden na wärmere Länner, na apene Seen. Se stiegen so hooch, so hooch, un de lütte wanschapene Elling ward so wunnerlich tomoot, he dreiht sik in't Water rum as so'n Rad un stött en Schrie ut so luut un wunnerlich, he ward dar rein sülven bang' vör. O, he kann de dare feine Vageln nich vergeten, de glückliche Vageln, un as he se nich mehr sehn kann, dükert he liek dal up'e Grund, un as he wedder hooch kümmt, is he rein tumpig. He weet nich, wo de Vageln heeten, nich wonem se henfleegen, man he hett se so geern as noch nie nich anners een. He is gar nich afgünstig, wo kunn em dat woll infallen un woe'n so fein we'n! He weer ja al froh we'n, wenn de Enten em man mang sik harrn hebben wullt – dat arme, grimmige Deert!

177

Un de Winter ward so koold, so koold. De Elling
mutt in't Water rumswümmen, dat dat man nich
rein tofreren deit. Man elkeen Nacht ward dat Lock,
'nem he in swümmen deit, lütter un lütter. Dat
freert, dat dat in't Ies man so knackt. De Elling mutt
ümmerlos de Beens bruken, dat dat Water jo nich to-
geiht. Man toletzt ward he flau, liggt heel still un
freert fast in't Ies.

Fröh an'e neegste Morrn kümmt dar en Buer, de
süht em, geiht hen un sleit mit sin Holtschoh dat Ies
twei un driggt em denn na Huus na sin Fruu. Dar
ward he denn wedder in't Leven t'rügghaalt.

De Kinner woe'n mit em spelen, man de Elling
meent, se woe'n em wat doon, un vör Schreck suust
he liek rup in't Melkfatt, dat de Melk man so in'e
Stuuv swulert. De Fruu schriet up un sleit de Hänne
oever de Kopp tohopen, un do flüggt he in'e Trogg,
'nem de Botter in is, un denn dal in'e Mehltunn un
wedder tohööcht. Na, wodennig he do utsehn ward!
Un de Fruu schriet un haut na em mit'e Füertang,
un de Gör'n lopen een de anner um för un fangen de
Elling, un se lachen un schrien. Man een Glück, dat
de Dör apen steiht, un do de Elling nix as rut mang
de Büsche in'e frische Snee! Dar liggt he denn, as in
Winterslaap.

Man dat weer vel to trurig un vertellen vun all de
Noot un dat Elend, wat he in'e dare harte Winter
dörmaken mutt. As de Sünn wedder warm schienen
ward, liggt he in't Moor mang dat Reet; de Lewarken
singen – dat schöne Fröhjahr is dar.

Do lücht't he up eenmal sin Flünken, de brusen dul-
ler as vördem un drägen em düchtig afste'. Un ehrer
he sik dat recht versüht, is he in en grote Gaarn,

'nem de Appelböme blöh'n, 'nem de Sireenen rüken un an de lange, gröne Telgens dalhängen oever de buchten Gravens. O, dar is dat so fein, so fröhjahrsfrisch! Un liek vör em mang de dichte Telgens rut kamen dree feine, witte Swaans. Se brusen mit'e Feddern un glieden so licht up't Water. De Elling kennt de prächtige Deerten wedder un ward oeverkamen vun en gediegene Trurigkeit.

„Ik will henfleegen na se, de königliche Vageln! Un denn warrn se mi doothacken, um dat ik, wanschapen as ik bün, dat wagen do un kamen se neeg. Man dat is mi eendoont! Leever vun de um'e Eck bröcht warrn as vun'e Enten beten, vun'e Höhner pickt un vun'e Deern sparkt warrn, de de Höhnerhoff passen deit, un in'e Winter Noot lieden. Un denn flüggt he rut up't Water un swümmt hen na de prächtige Swaans. De warrn em wies un scheeten mit brusen Feddern up em dal. „Maak mi man driest doot!" seggt dat arme Deert un böögt sin Kopp dal na't Water un luert up'e Dood. Man wat süht he do in dat klare Water? Ünner sik süht he sin eegne Speegelbild, man nu is he keen buttaarsige, swattgraue Vagel mehr, wanschapen un grimmig, nu is he sülven en Swaan.

Dat maakt nix un warrn baren in'e Entenhoff, wenn een man in en Swanenei legen hett!

Nu freut he sik richtig oever all de Noot un dat Elend, wat he dörmaakt hett. Nu kann he sin Glück so recht estimeern un all dat Feine, wat em hier gröten deit. Un de grote Swaans swümmen um em rum un eien em mit'e Snavel.

Do kamen dar wecke lütte Gör'n in'e Gaarn, se smieten Broot un Koorn in't Water, un de Lüttste röppt:

„Dar is en nüe een!" Un de anner Kinner freu'n sik mit: „Ja, dar is en nüe een tokamen!", un se klappen in'e Hänne un danzen rum. Se lopen na Vadder un Mudder, un dar ward Broot un Koken in't Water smeten, un all seggen se: „De Nüe is de Smuckste! So jung un so fein!" Un de ole Swaans maken en Diener vör em.

Do föhlt he sik ganz verlegen un stickt de Kopp ünner de Flünk, he is ganz dör'nanner. He is ganz gresig glücklich, man gar nich stolt, denn en gude Hart ward nie nich stolt. He denkt dar an, wo he triezt un piert wurrn is, un nu hört he se all seggen, dat he de smuckste is vun all de dare smucke Vageln. Un de Sireenen bögen sik mit de Telgens liek dal in't Water na em. Un de Sünn schient so warm un so fein, do brusen sin Feddern, de slanke Hals kümmt tohööcht, un ut Hartensgrund jubelt he: „So vel Glück heff ik nich vun dröömt, as ik noch de grimmige Elling weer!"

De Leevslüüd *(De Küßel un de Ball)*

Dar is mal en Küßel we'n un en Ball, de hebben in tosamen mit anner Speltüüg een Schuuv legen. Un do seggt de Küßel mal to de Ball: „Schoe'n wi nich Leevslüüd we'n, wo wi doch tosamen in'e Schuuv liggen doon?" Man de Ball – de is ut Saffian neiht we'n un hett sik bannig wat inbild't, as so'n feine Frollein – de will up sowat nich mal antern.

De neegste Dag kümmt de lütte Jung, de dat Speltüüg tohören deit. He maalt de Küßel oever mit Root un Gold un sleit dar en Messingnagel merrn rin. Dat süht richtig fein ut, wenn de Küßel sik dreiht.

„Kiek mi mal an!", seggt 'n to de Ball. „Wat seggen Se nu? Schoe'n wi nich doch Leevslüüd we'n? Wi passen so fein tohopen, Se springen un ik danz. Glücklicher as wi beiden kann doch keeneen warrn!"

„Na, meenen Se!", seggt de Ball. „Se weeten sachs nich, dat min Vadder un Mudder Saffiantüffeln we'n sünd un dat ik en Propp in't Liev heff!"

„Ja, man ik bün ut Mahoniholt!", seggt de Küßel. „Un de Börgermeister sülven hett mi dreiht, he hett sin eegne Dreihbank, un dat hett em grote Spaaß maakt."

„Tja, kann ik mi dar up verlaten?"

„Ik will nie nich wedder de Pietsch kriegen, wenn ik leegen do!", seggt de Küßel.

„Se snacken bannig guut för sik", seggt de Ball, man ik kann liekers nich, ik bün so guut as halv verspraken mit en Swulk. Ümmer, wenn ik tohööcht gah, stickt 'n de Kopp ut't Nest un seggt: ,Woe'n Se?' Un nu heff ik insgeheem ,Ja' seggt, un dat is so guut as halv verspraken. Man ik segg Se to, ik will Se nie nich vergeten!"

„Na, dat is uck en grote Hülp!", seggt de Küßel, un denn snacken se nich mehr mit'nanner.

De neegste Dag ward de Ball ruthaalt. De Küßel süht, wo 'n hooch in'e Luft suust as en Vagel, een kann 'n toletzt gar nich mehr wies warrn. Elkeen Mal kümmt 'n wedder t'rügg, man 'n maakt ümmer en arige Satz, wenn 'n up'e Eerde kümmt. Un dat kümmt sachs vun't Lengen – oder darvun, dat 'n en Propp in't Liev hett. Dat negente Mal blifft de Ball weg. Un de Jung söcht un söcht, man weg is 'n.

„Ik weet al, wonem 'n is", süüfzt de Küßel, „de is in't Swulkennest un is verfriegt mit'e Swulk!"

Jo mehr de Küßel dar an denken deit, jo duller is he innahmen vun'e Ball. Jüst wiel he ehr nich kriegen kann, darum ward de Leev grötter. Dat se en anner een nahmen hett, dat is dat Apartige darbi. Un de Küßel danzt rum un snurrt, man ümmerto denkt 'n an'e Ball, un de ward in sin Gedanken ümmer smucker. Sodennig geiht dat vele Jahren – un denn is dat en ole Leev.

Un de Küßel is uck nich mehr de Jüngste! Man denn ward 'n eens Daags heel un deel vergold't. Nie nich hett 'n so fein utsehn. Nu is dat en Goldküßel un springt, dat dat man so'n Aart hett! Man upmal springt 'n to hooch un – weg is 'n.

Se söken un söken, sogar nedden in'e Keller, man de Küßel is nich to finnen. –

Wonem is 'n?

De is in'e Mullammer sprungen, 'nem allens Moeg-
liche liggen deit, Kohlstrunken, Fegsel un Schiet,
wat ut'e Dackrönn fullen is.

„Nu ligg ik ja mal fein! Hier kann dat Gold bald vun
mi afgahn! Un denn dat dare Pack, 'nem ik mang
kamen bün!" Un 'n schuult mal na en lange Kohl-
strunk, de is allto dicht rankamen, un na en wun-
nerliche runne Ding, dat süht ut as en ole Appel.
Man dat is keen Appel, dat is en ole Ball, de hett
jahrelang baven in'e Dackrönn legen, un dat Water
is dar man ümmerlos so dörlapen.

„Gottloff, dar kümmt doch mal een, de to een passen
deit, dat 'n darmit snacken kann!", seggt de Ball un
bekickt sik de vergoldte Küßel. „Ik bün ja eegens ut
Saffian, neiht vun Jumfernhänne, un heff en Propp
in't Liev, man dat schull mi keeneen ansehn! Ik weer
jüst bi un schull Hochtied maken mit en Swulk, man
do full ik in'e Dackrönn, un dar heff ik denn fiev
Jahr legen un Water trocken! Dat is en lange Tied,
koenen Se mi gloven, för en Jumfer!"

Man de Küßel seggt nix, he denkt an sin ole Leevste,
un jo mehr he to hören kriggt, jo klarer ward em dat:
Dat is se.

Do kümmt de Deenstdeern un will de Mullammer
leddig maken. „Höjöh, dar is ja de Goldküßel!", seggt
se.

Un de Küßel kümmt wedder in'e Stuuv to grote Ehr
un Ansehn, man vun'e Ball hett een nix mehr hört,
un de Küßel hett nie nich wedder vun sin ole Leev
snackt. De gifft sik, wenn de Leevste fiev Jahr in en
Waterrönn legen un Water trocken hett. Ja, een
kennt ehr denn gar nich mehr wedder, wenn 'n ehr
mal in'e Mullammer bemöten deit.

Tüffelhannes

Buten up't Land liggt en ole Herrenhoff, un dar hett mal en ole Herr up wahnt, de hett twee Soehns hatt, de sünd so plietsch we'n – dat Halve harr uck langt. Mal woe'n se um'e König sin Dochter anholen, un dat koenen se uck driest doon, denn se hett bekannt maken laten, se will de to'n Mann nehmen, vun de ehr dücht, he kann an besten för sik snacken.

De beiden stellen nu acht Daag lang' to, dat is de längste Tied, de se darto hebben, man dat langt uck, denn se hebben ja al vörher wat lehrt, un dat schel't al wat. De eene kennt dat heele latiensche Lexikon butenkopps un dree Jahrgänge vun dat Stadtblatt, un dat vun vörn un vun achtern. De anner hett sik mit all Gesetten befaat' un mit allens, wat en Öller-mann weeten mutt, un darum kann he mitsnacken um'e Staat, meent he, un denn versteiht he sik dar uck up un sticken Drachbänner, denn he is fien un fingerferdig.

„Ik krieg de Königsdochter!", seggen se all beid, un denn gifft se's Vadder se elk en feine Perd; de dat Lexikon un de Bläder kennt, kriggt en koehlswatte een, un de öllermannsklook is un sticken deit, de kriggt en melkwitte een. Un denn smeern se sik de Mundecken mit Levertraan, dat se smiediger warrn. All Deensten sünd nedden up'e Hoff för un sehn se to Perd stiegen. Do kümmt de drütte Broder an, denn dar sünd dree, man em hebben se nich up'e Reken as Broder, denn he hett nich sovel lehrt as de anner beiden, un em nömen se blots Tüffelhannes.

„Wonem schoe'n I denn up dal, dat I in Schapptüüg sünd?", fraagt he.

„To Hoff un uns de Königsdochter ransnacken. Hest nich hört, wat in't heele Land uttrummelt ward?" Un denn vertellen se em dat.

„Verdorig, denn mutt ik man uck mit!", seggt Tüffelhannes, man de Bröder lachen em wat ut un rieden afste'.

„Vadder, laat mi en Perd kriegen!", röppt Tüffelhannes. „Ik krieg so'n Lust un verfriegen mi. Nimmt se mi, denn nimmt se mi, un nimmt se mi nich, denn nehm ik ehr doch!"

„Dat is ja dumme Snack!", seggt de Vadder. „Du kriggst keen Perd. Du kannst ja gar nich snacken! Nee, din Bröder, dat sünd staatsche Keerls!"

„Dörv ik keen Perd hebben", seggt Tüffelhannes, „denn so nehm ik de Zegenbuck, dat is min, un de kann mi guut drägen." Un denn sett he sik schrevsch[1] oever de Zegenbuck, haut 'n de Hacken in'e Sieden un jaagt afste' de Landstraat lang. Hui, wo dat geiht! „Hier kaam ik!", seggt Tüffelhannes, un denn singt he, dat dat man so schrillen deit.

Man sin Bröder rieden ganz suutje vörut. Se snacken keen Woort, se moeten nadenken oever all de gude Ideen, 'nem se mit kamen woe'n, dat schall ja richtig wat hermaken.

„Hallihallo!", röppt Tüffelhannes, „hier kaam ik! Kiek mal, wat ik up'e Straat funnen heff!" Un do wiest he se en dode Kreih, de hett he funnen.

„Tüffel!", seggen se. „Wat wullt du denn darmit?"

„De will ik de Königsdochter schenken!"

---

[1] schrevsch = rittlings

„Ja, do du dat!", seggen se, lachen un rieden wieder.

„Hallihallo, hier kaam ik! Kiek mal, wat ik nu funnen heff, dat finnt 'n nich elkeen Dag up'e Straat!"

Un de Bröder dreihn sik um un kieken wat dat is. „Tüffel!", seggen se. „Dat is ja en ole Holtschoh, 'nem dat Boeverledder vun af is! Schall de Königsdochter de uck hebben?"

„Schall se!", seggt Tüffelhannes. Un sin Bröder lachen, un se rieden to un kamen wied vörut.

„Hallihallo, hier bün ik!", röppt Hans. „Nee, nu ward et ja woll rieten! Verdori, sowat gifft 't ja woll nich!"

„Wat hest denn nu wedder funnen?", seggen de Bröder.

„Och", seggt Tüffelhannes, „dat is ja nich un snacken vun! Wat ward se sik freu'n, de Königsdochter!"

„Igitt!", seggen de Bröder, „dat is ja Mudd, de jüst ut'e Graav smeten is!"

„Ja, is dat!", seggt Tüffelhannes. „Un dat is vun'e beste Slag, nich un holen fast!" Un denn maakt he sik dar de Tasch mit vull.

Man de Bröder rieden nu all, wat dat Tüüg hollt, un do kamen se en heele Stunn vörut un holen an bi't Slottsdoor. Dar kriegen de Friegers Nummern, so as se een na de anner ankamen. Un se warrn in Reegen upstellt, ümmer söss in een Lidd un so dicht, se koenen nich de Arms roegen, un dat is uck man guut, anners harrn se sik sachs gegensiedig de Rügg upklöövt, blots um dat de eene vör de anner steiht.

All de anner Inwahners vun't Land stahn rund um't Slott, bet ganz an'e Finstern ran, för un seh'n, wo de

Königsdochter de Friegers begröten deit. Man sodraa as dar een vun se rinkümmt in'e Stuuv, sitt em de Kekelreem fast.

„Döcht nix", seggt de Königsdochter, „weg!"

Nu kümmt denn de vun de Bröder, de dat Lexikon kann, man dat hett he bi dat Anstahn rein vergeten, un de Del knarrscht, un de Boehn is vun Speegelglas un he süht sik sülven up'e Kopp, un an elkeen Finster stahn dree Schrievers un een Öllermann, un elk vun de schrifft allens up, wat dar seggt ward, dat dat foorts in't Blatt kamen un för twee Schilling an'e Strateneck verköfft warrn kann. Dat is gresig. Un denn hebben se inbött in'e Kachelaben, dat dat Rohr glöhnig is.

„Dat is ja en böse Hitten hier binnen!", seggt de Frieger.

„Ja", seggt de Königsdochter, „min Vadder braad't vundaag junge Hahns!"

„Bäh!" Dar steiht he, dar harr he nich mit rekent. Nich een Woort weet he to seggen, denn wat Spaßiges wull he ja geern seggen. Bäh!

„Döcht nix!", seggt de Königsdochter. „Weg!" Un denn mutt he wedder rut. Nu kümmt de anner Broder.

„Hier is ja en gresige Hitten!", seggt he.

„Ja, wi braden vundaag junge Hahns!", seggt de Königsdochter.

„Wa' ... äh ... wat?", seggt he, un all de Schrievers schrieven: „Wa' ... äh ... wat?"

„Döcht nix!", seggt de Königsdochter. „Weg!"

Nu kümmt Tüffelhannes, he ritt up sin Zegenbuck liek rin in'e Stuuv. „Dat is ja en glöhnige Hitten!", seggt he.

„Ja, ik braa' jüst junge Hahns!", seggt de Königsdochter.

„Dat passt sik ja fein", seggt Tüffelhannes, „denn kann ik sachs en Kreih mit braden kriegen?"

„Dat koenen Se guut!", seggt de Königsdochter, „man hebben Se wat un braden 'n in? Ik heff nich Putt un nich Pann!"

„Man dat heff ik!", seggt Tüffelhannes. „Hier is Kaakgeschirr mit Tinnkrampen!" Un do kriggt he de ole Holtschoh rut un sett de Kreih dar merrn rin.

„Dat langt ja to en heele Mahltied", seggt de Königsdochter, „man wonem kriegen wi Sooß her?"

„De heff ik in'e Tasch", seggt Tüffelhannes. „Ik heff so vel, dar kann ik noch wat vun afgeven!" Un denn gütt he wat Mudd ut'e Tasch.

„Dat mag ik lieden", seggt de Königsdochter, „du weetst doch to antern! Un du kannst snacken, un di will ik to Mann hebben! Man weetst du uck, dat elkeen Woort, wat wi seggen un seggt hebben, upschreven ward un morrn in't Blatt steiht? Kiek, bi elk Finster stahn dree Schrievers un en ole Öllermann, un de Öllermann is de leegste, de versteiht nix!" Un dat seggt se nu för un maken em bang'. Un all de Schrievers gnickern un maken en Dintenklecks up'e Del.

„Dat sünd sachs feine Lüüd", seggt Tüffelhannes, „denn mutt ik man de Öllermann dat Beste geven!"

Un do dreiht he sin Taschen um un smitt em de Mudd liek in't Gesicht.

„Dat hest du fein maakt!", seggt de Königsdochter. „Dat harr ik nich t'rechtkregen. Man ik warr dat sachs noch lehrn!" –

Un denn ward Tüffelhannes König, kriggt en Fruu un en Kroon un sitt up en Thron, un dat weeten wi direktemang ut'e Öllermann sin Blatt – man dat is nich un truu'n.

De Scharnbass[1]

De Kaiser sin Hingst kriggt gollne Hoofiesens; gollne Hoofiesens an all veer Fööt.

Warum kriggt he gollne Hoofiesens?

He is dat feinste Deert, hett feine Beens, Ogen so klook un en Mahn, de hängt as so'n sieden Sleuer dal um'e Hals. He hett sin Herr dragen dör Pulverdamp un Kugelregen, hett de Kugeln singen un fleuten hört. He hett um sik beten, um sik slaan, mit streden, as de Fienden andrammen dä'n, hett mit sin Kaiser in een Sprung oever dat Perd vun de full'ne Fiend wegsett, sin Kaiser sin Kroon vun rode Gold rett', un darum kriggt de Kaiser sin Hingst gollne Hoofiesens, gollne Hoofiesens an all veer Fööt.

Do kümmt de Scharnbass rutkrapen.

„Eerst de groten, denn de lütten", seggt 'n, „man dat is nich de Grötte, de dar tellen deit." Un denn reckt 'n sin dünne Beens vör.

„Wat wullt du?", fraagt de Smidt.

„Gollne Hoofiesens!", antert de Scharnbass.

„Du büst woll nich klaar in'e Kopp!", seggt de Smidt. „Du wullt uck gollne Hoofiesens hebben?"

„Gollne Hoofiesens!", seggt de Scharnbass. „Bün ik nich jüst so guut as dat dare grote Beest, dat bedeent warrn mutt un striegelt un passt, un Fudder un Supen hebben mutt? Hör ik nich uck to de Kaiser sin Stall?"

---

[1] Scharnbass (dän. skarnbasse) = Mistkäfer

„Man warum kriggt de Hingst denn gollne Hoofiesens?", fraagt de Smidt. „Begrippst du dat nich?"

„Begriepen? Ik begriep, dat dat Minnacht is för mi", seggt de Scharnbass, „dat is en Tort – un darum gah ik nu rut in'e wiede Welt."

„Huul man af!", seggt de Smidt.

„Ole Flotz!", seggt de Scharnbass, un denn geiht he na buten, flüggt en lütte Stück, un denn is he in en nüdliche lütte Blomengaarn, 'nem dat na Rosen un Lavendel rüken deit.

„Is dat nich fein hier?", seggt een vun de lütte Herrgottsköh, de dar rumfleegen mit swatte Pricken up'e rode Flünkenschilden. „Wat dat hier fein rüken deit, un wat is dat hier smuck!"

„Dat bün ik beter wennt!", seggt de Scharnbass. „Dar seggen I smuck to? Hier is ja nich mal en Misspaal!"

Un denn geiht he wieder, rin in'e Schatten vun en grote Levkoj; dar krabbelt en Ruup up lang.

„Wat is de Welt doch schön!", seggt de Ruup. „De Sünn is so warm! Allens is so fein! Un wenn ik mal inslapen do un starv, as se dat nömen, denn warr ik wedder waak un bün en Botterlicker!"

„Bill di man wat in!", seggt de Scharnbass. „Nu fleegen wi rum as Botterlicker! Ik kaam ut'e Kaiser sin Stall, man keeneen dar, nich mal de Kaiser sin Lievhingst, de doch mit min afleggte gollne Hoofiesens geiht, hett so'n Grappen. Flünken kriegen! Fleegen! Ja, nu fleegen wi!", un denn flüggt de Scharnbass weg. „Ik will mi ja nich argern, man ik arger mi doch!"

Denn lett he sik dalfallen up en grote Grasplack; dar liggt he en beten, un denn slöppt he in.

Verdorig, wat geiht dar en Flaag dal! De Scharnbass ward waak vun'e Platsch un will forts dal in'e Grund, man he kann nich; he wöltert rum, he swümmt up'e Buuk, he swümmt up'e Rügg, Fleegen is nich un denken an, he kümmt wiss nie nich lebennig vun de dare Plack; he liggt 'nem he liggen deit, un dar blifft he liggen.

As dat en beten nalett un de Scharnbass dat Water ut'e Ogen plinkert hett, ward he wat Wittes wies, dat is Linnen up'e Bleek. Dar marst he sik hen un krüppt in en Fool vun dat natte Linnentüüg. Dat is ja jüst nich so as liggen in'e warme Misshuup in'e Stall. Man dar is nu mal nix Beteres, un do blifft he dar en heele Dag un en heele Nacht, un dat Regenwedder blifft uck. Hen to Morrn kümmt de Scharnbass rut; he is richtig vergrellt vun wegen dat Klima.

Do sitten dar twee Hoppetuutsen up't Linnen. Se's klare Ogen lüchten vör idel Vergnögen. „Wat is dat mal en feine Wedder!" seggt de eene. „Wo dat erfrischen deit! Un dat Linnentüüg hollt dat Water so fein! Dat kribbelt mi in'e Achterbeens, as schull ik swümmen."

„Ik much mal weeten", seggt de anner, „um de Swulk, de flüggt ja so wied rum, um de up ehr vele Reisen buten Lands en betere Klima funnen hett as unse. So'n Ruus, un so'n Fucht! Dat is jüst, as leeg een in en natte Graav. Wenn een sik dar nich to freu'n deit, hett he sin Vadderland nich leev!"

„I sünd woll nie nich in'e Kaiser sin Stall we'n?", fraagt de Scharnbass. „Dar is dat Natte warm un hett Smack! Dat bün ik wennt. Dat is min Klima, man dat kann een ja nich mit up Reisen nehmen. Is hier denn keen Misspaal in'e Gaarn, 'nem en Person vun Stand, so as ik, intrecken un sik to Huus föhlen kann?"

Man de Hoppetuutsen verstahn em nich, oder se woe'n em nich verstahn.

„Ja, ik fraag nie nich en tweete Mal!", seggt de Scharnbass, as he dreemal fraagt un keen Antwoort kregen hett.

Denn geiht he en Stück, do liggt dar en Puttschör. De schull dar ja nich liggen, man so as 'n dar liggen deit, gifft 'n Schuul. Dar wahnen en paar Ohrkruperfamilien; de bruken nich vel Platz, man blots Sellschopp. De Fruunslüüd hebben dat afsünnerlich dull mit'e Mudderleev, un darum is uck elkeen ehr Gör dat smuckste un klöökste.

„Unse Soehn hett sik verlaavt", seggt een Mudder, „de söte Unschuld. Sin hööchste Maal is un krupen mal in't Ohr bi en Preester. He is so nüdlich tutig, un en Verlöövnis hollt em vun Undoeg af. Dar kann en Mudder sik sodennig to freu'n!"

„Unse Soehn", seggt en anner Mudder, „de weer even ut't Ei krapen, do weer he al in'e Gang'. Dat bruust in em, he stött sik de Hoorns af. Dat is en gewaltige Freud för en Mudder. Nich wahr? Herr Scharnbass!" Se kennen de Frömde an't Munster.

„Se hebben all beid recht!", seggt de Scharnbass, un denn ward he in'e Stuuv rinnödigt, dat heet, so wied as he ünner de Puttschör kamen kann.

„Nu schoe'n Se uck mal *min* lütte Ohrkruper sehn!", seggen en drütte un veerte Mudder, „dat sünd de

söötste Gör'n un so spaßig! Se sünd nie nich un-
aardig, blots wenn se Buukweh hebben, aver dat
kriggt 'n ja man so licht in dat Öller!"

Un denn snackt elkeen Mudder vun ehr Kinner, un
de Gör'n snacken mit un bruken de lütte Gavel, de se
an'e Steert hebben, för un trecken de Scharnbass
an'e Baart.

„De fallt uck ümmer wedder wat in, de lütte
Rackers!", seggen de Mudders un stinken man so vör
Mudderleev. Man de Scharnbass hett de Näs vull, un
do fraagt he, um dat is wied na de Misspaal.

„Dat is wied buten in'e Welt, güntsiet de Graav!",
seggt de Ohrkruper. „So wied, will ik hapen, kümmt
nie nich een vun min Kinner, dat weer ja min Dood!"

„Man so wied will ik versöken un kamen!", seggt de
Scharnbass un geiht ahn Adjüs; sodennig is dat an
höflichsten.

An'e Graav dröppt he en paar vun sin Aart, all
Scharnbassen.

„Hier wahnen wi!", seggen se. „Wi hebben dat ganz
mollig! Dörven wi Se dalbe'en in't Fette? Se sünd
sachs möö' vun'e Reis."

„Dat bün ik!", seggt de Scharnbass. „Ik heff in't
Regenwedder up Linnen legen, un Rendlichkeit
nimmt mi ümmer so dull mit! Ik heff uck Gicht in'e
eene Flünk kregen vun't Stahn in'e Treck ünner en
Puttschör. Dat smöödt richtig un kamen mal mang
sin eegne Lüüd."

„Se kamen sachs vun'e Misspaal?", fraagt de öllste.

„Höger rup!", seggt de Scharnbass. „Ik kumm vun'e
Kaiser sin Stall, dar bün ik baren mit gollne Hoof-

iesens. Ik reis in en heemliche Anliggen, dar moeten Se mi nich na fragen, denn ik segg dat doch nich!"

Un denn stiggt de Scharnbass dal in'e fette Mudd. Dar sitten dree Scharnbassendeerns, de hucheln, denn se weeten nich, wat se seggen schoe'n.

„De sünd noch frie!", seggt de Mudder, un do hucheln se wedder, man dat is vör Verlegenheit.

„Ik heff se nich smucker sehn in'e Kaiser sin Stall!", seggt de reisen Scharnbass.

„Verdarv mi nich min Deerns! Un snack blots mit se, wenn Se ehrliche Afsichten hebben. – Man dat hebben Se ja, un ik gev se min Segen."

„Hurra!", seggen all de annern, un do is de Scharnbass verspraken. Eerst Verlöövnis un denn Hochtied, wat anners kunn dar ja nich bi rutsuern.

De neegste Dag geiht bannig guut, de tweete lett dat al wat na, man de drütte Dag mutt een doch an Eten för Fruu un womoeglich Gör'n denken.

„Ik heff mi oeverraschen laten!", seggt he, „denn mutt ik se man wedder oeverraschen!"

Un dat deit he. Weg is he. Weg de heele Dag, weg de heele Nacht – un de Oolsch sitt dar as Wittfruu. De anner Scharnbassen seggen, dat is richtig so'n Buttje, de se dar in se's Familie upnahmen hebben; un de Fruu sitt se nu to Last.

„Denn kann se nu man wedder as Jumfer sitten", seggt de Mudder, „as min Kind! Gitt, so'n Schietkeerl un laten ehr sitten!"

He is wieldes ünnerwegens, is up en Kohlblatt oever de Graav seilt. Hen to Morrn kamen dar twee Minschen, de sehn de Scharnbass, sammeln em up, dreihn un wennen em hen un her, un se sünd all beid bannig gelehrt, vör allen de Jung. „Allah süht de swatte Scharnbass in'e swatte Steen in'e swatte Barg! Steiht dat nich sodennig in'e Koran?", fraagt he un oeversett de Scharnbass sin Naam up Latin un verklaart sin Aart un Natur. De öllere Gelehrte will dat nich hebben, dat he mit na Huus nahmen ward, dar hebben se jüst so'n Guden, seggt he. Un dat is nich nett seggt, dücht de Scharnbass, darum flüggt he em ut'e Hand, flüggt en arige Stück – nu is he dröög wurrn in'e Flünken – un kümmt denn na't Drievhuus. Dar steiht een Finster apen, un do kann he in all Bequemlichkeit dar rinwitschen un sik dal-wöhlen in'e frische Miss.

„Hier is dat lecker mollig!", seggt he.

Nich lang', do slöppt he in un dröömt, de Kaiser sin Hingst is fullen, un Herr Scharnbass hett sin gollne Hoofiesens kregen un schall noch twee to hebben. Dat is di mal wat, un as de Scharnbass waak ward, krüppt he rut un kickt mal na baven. Wat en Pracht dar in't Drievhuus! Grote Fingerpalmen spreeden sik in'e Hööchde, de Sünn maakt se dörsichtig, un dar ünner is dat allens gröön, un dar lüchten Blöme, root as Füer, gel as Bernsteen un witt as frische Snee.

„Dat is ja en gewaltige Plantenpracht! Wo dat smecken ward, wenn dat eerstmal verrotten deit!", seggt de Scharnbass. „Dat is di mal en feine Spieskamer. Hier wahnen wiss wecken vun'e Familie. Ik will mal up'e Söök gahn, sehn un finnen wecken, mit de ik Umgang hebben kann. Stolt bün ik, dat is min Stolt!" Un denn geiht he un denkt an sin Droom vun'e dode Hingst un de gollne Hoofiesens, de he wunnen hett.

Do kriggt mitmal en Hand de Scharnbass faat, he ward knepen un wennt un dreiht.

De Gaarner sin Jung is mit sin Fründ in't Driev-huus. Se sünd de Scharnbass wies wurrn un woe'n nu se's Spaaß hebben mit em. In en Wienblatt wi-ckelt kümmt he dal in en warme Büxentasch, dar kribbelt un krabbelt he, man denn kriggt he mal en beten Druck mit'e Hand vun'e Jung. De geiht gau dal na de grote See an't Enne vun'e Gaarn. Dar ward de Scharnbass in en tweie Holtschoh sett, 'nem dat Boeverledder vun af is. En Pinn ward fastmaakt as Mast, un dar ward de Scharnbass an fasttüdert mit en Wullfaden. Nu is he Schipper un schall ut un sei-len.

Dat is en bannig grote See, de Scharnbass dücht, dat is en Ozean, un he is so verbaast, he fallt um up'e Rügg un spaddelt mit'e Beens.

De Holtschoh seilt, denn dar geiht en Stroom in't Water, man wenn dat Fahrtüüg en beten to wied rutkümmt, denn krempelt de eene Jung foorts sin Büx hooch un geiht hen un haalt dat t'rügg. Man as dat wedder an't Afdrieven is, do warrn de Jungs rapen, eernsthaftig rapen, un do maken se, dat se afste' kamen un laten Holtschoh Holtschoh we'n. Do drifft 'n ümmer wieder af vun Land, ümmer wieder rut, dat is rein gresig för de Scharnbass. Fleegen kann he nich, he is ja an'e Mast anbunnen.

Do kriggt he Besöök vun en Fleeg.

„Dat is mal en feine Wedder, wat wi hebben", seggt de Fleeg. „Hier kann ik mi verpuusten. Hier kann ik in'e Sünn sitten. Se hebben dat würklich fein hier!"

„Se snacken uck, as Se dat verstahn! Sehn Se denn nich, dat ik tüdert bün?"

„Ik bün nich tüdert", seggt de Fleeg un flüggt weg.

„Nu kenn ik de Welt", seggt de Scharnbass, „dat is en leege Welt! Ik bün dar de eenzig Ehrbare in! Eerst krieg ik keen gollne Hoofiesens, denn mutt ik up natte Linnen liggen, in'e Treck stahn un toletzt schünnen se mi en Fruunsminsch an. Maak ik denn en rische Schritt rut in'e Welt un kiek, wodennig een dat gahn kann un wodennig mi dat vun Rechts wegen gahn schull, denn kümmt dar so'n Minschenwelp un sett mi an Tüder up'e wille See. Un wieldes geiht de Kaiser sin Hingst mit gollne Hoofiesens. Dat krüppt mi an dullsten! Man Mitgeföhl kann een lang' up luern up düsse Welt. Min Levensloop is bannig intressant, man wat helpt dat, wenn keeneen 'n kennen deit! De Welt hett dat uck nich verdeent un kennen 'n, anners harrn se mi gollne Hoofiesens geven in'e Kaiser sin Stall, as de Lievhingst beslaan wurr un ik de Beens henholen dä. Harr ik gollne Hoofiesens kregen, denn weer ik en Ehr we'n för de Stall, nu hett 'n mi verlaren, un de Welt hett mi verlaren, allens is ut!"

Man noch is nich allens ut, dar kümmt en Boot mit en paar junge Deerns.

„Dar swümmt en Holtschoh!", seggt de eene.

„Dar is en lütte Deert up fasttüdert!", seggt de anner.

Se sünd jüst blangen de Holtschoh, se kriegen 'n hooch, un de eene Deern kriggt en lütte Scheer rut, klippt de Wullfaden dör, ahn dat de Scharnbass wat passeert, un as se an Land kamen, sett se em in't Gras.

„Kruup, kruup! Fleeg, fleeg, wenn du kannst!", seggt se. „Frieheit is wat Feines!"

Un de Scharnbass flüggt liek rin in't apene Finster vun en grote Buuwark, un dar sackt he möö' dal in'e fine, weeke, lange Mahn vun'e Kaiser sin Lievhingst, de steiht dar in'e Stall, 'nem he un de Scharnbass to Huus sünd. De klammert sik fast in'e Mahn un sitt en beten un vermünnert sik. „Hier sitt ik nu up'e Kaiser sin Lievhingst! Sitt as Rieder! Och, wat segg ik! Ja, nu ward mi dat klaar! Dat is en gude Idee un richtig. Warum hett de Hingst gollne Hofiesens kregen? Dat hett he mi uck fraagt, de Smidt. Nu seh ik dat in! Um minetwegen hett de Hingst gollne Hoofiesens kregen!"

Un do ward de Scharnbass wedder fein toweg'.

„Een kriggt en klare Kopp up Reisen!", seggt he.

De Sünn schient rin up em, schient bannig fein. „De Welt is doch nich so tumpig", seggt de Scharnbass, „een mutt 'n blots to nehmen weeten." De Welt is fein, denn de Kaiser sin Lievhingst hett gollne Hoof-iesens kregen, för dat de Scharnbass dar up rieden schall.

„Nu will ik man dalstiegen na de anner Bassen un vertellen, wat een all för mi daan hett. Ik will ver-tellen vun all de Bequemlichkeiten, 'nem ik up'e Reis buten Lands guut vun hatt heff, un ik will seggen, nu bliev ik so lang' to Huus, bet de Hingst sin gollne Hoofiesens upsleten hett!"

Wat Vadder deit, is ümmer richtig

Nu will ik di mal en Geschicht vertellen, de heff ik
hört, as ik noch lütt weer, un elkeen Mal, wenn ik
dar naher an dacht heff, dücht mi, de is noch vel
smucker wurrn. Denn dat geiht mit Geschichten jüst
so as mit vele Minschen, se warrn ümmer smucker,
je öller se warrn, un dat is so schön!

Du büst doch up't Land we'n? Un dar hest du en
richtige ole Buernhuus sehn mit Strohdack. Moss un
Kruut wasst dar vun sülven up. Baven up'e Fast hett
en Adebar sin Nest, ahn Adebar geiht dat nich. De
Wänne sünd scheef, de Finstern sied, un dar is blots
een eenzige, de upmaakt warrn kann. De Backaben
steiht vör as so'n lütte dicke Buuk, un de Fleeder-
berbusch hängt oever de Tuun. Un dar is en lütte
Waterpohl mit en Ent oder Ellings, jüst ünner de
knubberige Wichel. Ja, un denn is dar en Keden-
hund, de all un elkeen anbellen deit.

Jüst so'n Buernhuus hett dar mal up't Land stahn,
un dar hebben twee Lüüd in wahnt, en Buer un sin
Fruu. Mang dat beten, wat se hatt hebben, is doch
een Deel we'n, wat se hebben missen kunnt, un dat
is en Perd, dat hett dar gahn to freten an'e Schos-
seegraav. Vadder is dar up to Stadt reden, de Navers
hebben et lehnt, un he hett denn Deenst för Deenst
kregen, man dat lohnt sik doch sachs beter för se un
verkopen dat Perd oder tuuschen dat in för jichens
wat, wat se mehr nütten deit. Man wat schall dat
we'n?

„Dar hest du an besten Verstand to, Vadder", seggt
de Fruu. „Dar is jüst Markt in'e Stadt. Ried du man
hen, krieg Geld för dat Perd oder maak en gude

200

Tuusch. As du dat maakst, is dat ümmer richtig. Ried du man to Markt."

Un denn binnt se em sin Halsdook, denn dat versteiht se doch beter as he. Se binnt dat mit en dubbelte Sleuf, dat süht elegant ut, un denn putzt se em sin Hoot mit ehr platte Hand. Un se gifft em en Söten up sin warme Mund, un denn ritt he afste' up dat Perd, dat he dat verköfft oder intuuscht kriggt. Jo, Vadder versteiht dat.

De Sünn, de brennt, dar is nich een Wulk an'e Himmel. De Weg is stoffig, dar sünd so vel Marktlüüd, to Waag, to Perd un to Foot. Dat is en Sünnenhitten, un up'e Weg keen Schatten to finnen.

Do geiht dar een un drifft mit en Koh, de is so nüdlich, as en Koh man we'n kann. „De gifft wiss fein Melk!", denkt de Buer, dat kunn en ganze gude Tuusch we'n un kriegen de dare Koh. „Weetst wat, du mit de Koh", seggt he, „schoe'n wi beiden nich mal tosamen snacken? Kiek mal, en Perd, gloov ik, kost' mehr as en Koh, man dat is eendoont. Ik heff mehr vun'e Koh. Schoe'n wi man tuuschen?"

„Ja, vun mi ut!", seggt de mit de Koh, un do tuuschen se.

Nu is dat ja denn daan, un do kann de Buer ja eegentlich wedder umkehrn, he hett ja beschickt, wat he wull. Man he hett sik nu mal vörnahmen, he will to Markt, un denn will he uck hen, blot för un kieken mal. Un do geiht he denn hen mit sin Koh. He geiht gau to, un de Koh geiht gau to, un dat duert nich lang', do kamen se liek blangen en Mann to gahn, de hett en Schaap an't Tau. Dat is en gude Schaap, guut bi Schick un guut in'e Wull.

„De much ik wull hebben!", denkt de Buer. „De harr nugg an dat Gras an'e Gravenkant, un to Winter kunn een de mit rinnehmen in'e Stuuv. Eegentlich is dat för uns richtiger un holen en Schaap statts en Koh. – Schoe'n wi tuuschen?", seggt he.

Ja, dat will de Mann mit dat Schaap noch, un do ward de Tuusch maakt, un de Buer geiht mit sin Schaap de Straat lang. Dar bi de Stegel ward he en Mann wies mit en grote Goos ünner de Arm.

„Dat is mal en sware een, wat du dar hest", seggt de Buer, „de hett Feddern un Fett. De wurr sik fein maken in Tüder an unse Waterlock. De weer wat för Mudder un sammeln Kartüffelschellen för. Se hett al faken seggt, ,Harrn wi man en Goos!' Nu kann se een kriegen – un se schall 'n kriegen! Wullt du tuuschen? Ik gev di dat Schaap för de Goos un velen Dank darto!"

Ja, dat will de anner noch, un do tuuschen se; de Buer kriggt de Goos. Dicht bi de Stadt is he, dat Gewöhl up'e Straat ward ümmer duller, dat wimmelt vun Lüüd un Deerten. De gahn up'e Weg un an'e Graav bet liek ran an'e Slagboompasser sin Kartüffeln, 'nem sin Hehn antüdert steiht, dat 'n sik nich verfehrt un verbiestert un weg kümmt. Dat is en buttaarsige Hehn, de plinkt mit dat eene Oog, süht guut ut. „Kluck, kluck!", seggt 'n; wat 'n darbi denken deit, kann ik nich seggen, man de Buer denkt, as he 'n wies ward: „Dat is ja de smuckste Hehn, de ik jichens sehn heff, de is noch smucker as de Preester sin Kluck, de much ik noch hebben. En Hehn finnt ümmer en Koorn, de kann meist för sik sülven sorgen. Ik gloov, dat weer en gude Tuusch, wenn ik de för de Goos kreeg. – Schoe'n wi tuuschen?", fraagt he. „Tuuschen", seggt de anner, „ja, dat weer vellicht gar nich so verkehrt." Un denn tuuschen se: De Slagboompasser kriggt de Goos, de Buer kriggt de Hehn.

He hett ja en Barg beschickt up de dare Reis to Stadt; un warm is dat, un möö' is he. En Snaps un en Brock Broot mutt he nödig hebben. Nu is he bi de Kroog, dar will he rin. Man de Huusknecht will rut, em bemött he liek in'e Dör mit en Paas ganz vull mit jichenswat.

„Wat hest du dar?", fraagt de Buer.

„Rotte Appeln", seggt de Knecht, „en heele Sackvull för de Swiens."

„Verdori, wat en Masse! Dat schull Mudder man mal sehn. Wi harrn letzt Jahr man een eenzige Appel an'e ole Appelboom bi de Torfschuur. De dare Appel schull ja upwahrt warrn, un de hett up'e Kommoo' stahn, bet 'n platzt is. ,Dat is ümmer en Wollstand!', sä unse Mudder. Hier kunn se mal Wollstand to sehn kriegen! Ja, ik wull ehr dat woll günnen!"

„Ja, wat wullt darför geven?", fraagt de Knecht.

„Geven? Ik gev di min Hehn in Tuusch", un do gifft he de Hehn in Tuusch, kriggt de Appeln un geiht rin in'e Gaststuuv, liek hen na de Toonbank. Sin Sack mit de Appeln stellt he an'e Kachelaben, man dar is inbött, dar denkt he nich an. Allerhand Frömden sünd dar in'e Gaststuuv, Hannelslüüd mit Perde, wecken mit Ossen un denn twee Englänners, un de sünd ja so riek, se's Taschen woe'n meist bassen vör luder Goldstücken. Un wetten doon se, na, hör man mal to!

„Susss! Susss!" Wat is dat för'n Luut dar bi de Kachelaben? De Appeln fangen an un braden.

„Wat's dat?" Ja, dat kriegen se bald to weeten, de heele Geschicht vun't Perd, dat intuuscht is för de Koh un liek dal bet na de rotte Appeln.

„Na, do kriggst du aver en Swaartvull vun Mudder, wenn du na Huus kümmst", seggen de Englänners, „dat du nich mehr weets, wonem vörn un achtern is!"

„Ik krieg Sötens un keen Swaartvull!", seggt de Buer. „Unse Mudder ward seggen: Wat Vadder deit, is richtig!"

„Schoe'n wi wetten?", seggen se. „Goldstücken pund- wies! Hunnert Pund is en Schipppund!"

„En Schepel vull is nugg!", seggt de Buer. „Ik kann blots de Schepel vull Appeln gegenan setten un mi sülven un Mudder mit, man dat is denn mehr as blots Striekmaat, dat is Toppmaat!"

„Topp! Topp!", seggen se un de Wett is afslaten.

De Kröger sin Waag kümmt rut, de Englänners kamen dar rup, de Buer kümmt rup, de rotte Appeln kamen rup, un denn kamen se na de Buer sin Huus.

„'n Avend, Mudder!"

„Dank di, Vadder!"

„Nu heff ik en Tuuschgeschäft maakt!"

„Ja, du versteihst dat!", seggt de Fruu, faat' em um't Liev un vergitt de Paas un de Frömden.

„Ik heff dat Perd intuuscht för en Koh!"

„Gottloff för de Melk!", seggt de Fruu. „Nu koenen wi Melksupp, Botter un Kees up'e Disch kriegen. Dat is en feine Tuusch!"

„Ja, man de Koh heff ik wedder intuuscht för en Schaap."

„Dat is uck bestimmt beter", seggt de Fruu, „du büst ümmer so bedachtsam. To en Schaap langt unse Grasgang jüst. Nu koenen wi Schaapsmelk un Schaapskees kriegen un wullne Strümp, ja, en wullne Nachtjack. Dat gifft de Koh nich her, de verleert de Haar. Du büst doch en bannig bedachtsame Mann!"

„Man dat Schaap heff ik intuuscht för en Goos!"

„Schoe'n wi düt Jahr würklich en Mattensgoos hebben, lütte Vadder? Du denkst uck ümmer an un verwöhnen mi! Dat is so sööt vun di! De Goos kann noch antüdert stahn un ward denn noch fetter bet Mattensdag

„Man de Goos heff ik intuuscht för en Hehn!", seggt de Mann.

„En Hehn! Dat is en gude Tuusch", seggt de Fruu. „De Hehn leggt Eier, de sitten wi ut, wi kriegen Kükens, wi kriegen en Höhnerhoff. Och, dat heff ik mi ümmer so dull wünscht!"

„Ja, man de Hehn heff ik intuuscht för en Paas rotte Appeln!"

„Nu mutt ik di en Söten geven!", seggt de Fruu. „Dank, min leeve Mann! Nu will ik di mal wat vertellen. As du weg weerst, dache ik, ik wull di en richtig feine Mahltied maken: Eierkook mit Graslook. De Eier harr ik ja, man keen Look. Do bün ik roevergahn na de Schoolmeistersche, dar hebben se Graslook, dat weet ik, man de Oolsch is so wat vun nehrig, dat ole Beest! Ik frage um un lehnen ...! ‚Lehnen?', seggt se. ‚Nix wasst in unse Gaarn, nich mal en rotte Appel, nich mal de kann ik Ehr lehnen!' Nu kann *ik ehr* tein lehnen, ja, en ganze Paas vull. Dat is rein to'n Lachen, Vadder!", un denn gifft se em en Söten liek merrn up'e Mund.

„Dat mag ik lieden!", seggen de Englänners. „Ümmer bargdal, un ümmer is't eendoont! Dat is dat Geld weert!" Un denn betahlen se en Schipppund Goldstücken an'e Buer, de Sötens kriggt un keen Swaartvull.

Ja, dat lohnt sik ümmer, wenn de Oolsch insüht un verklaart, dat Vadder de Klöökste is, un wat he deit, is richtig!

Süh, dat is nu en Geschicht. De heff ik hört, as ik lütt weer, un nu hest du 'n uck hört un weetst: Wat Vadder deit, is ümmer richtig.

De Teeputt

Dar is mal en Teeputt we'n, de is bannig stolt we'n, stolt up sin Pozlaan, stolt up sin lange Tuut, stolt up sin breede Öhr. He hett vörn un achtern wat hatt, de Tuut vörn un dat Öhr achtern, un dar hett he vun snackt. Man he hett nich vun sin Stülp snackt, de is braken we'n, de is klevt we'n, de hett en Fehler hatt, un vun sin Fehlers snackt een nich geern, dat doon de annern al. Tassen, Rohmguss un Zuckerdoos, dat heele Teegeschirr ward sachs mehr an de Tostand vun'e Stülp dacht un darvun snackt hebben as vun dat gude Öhr un de feine Tuut; dat hett de Teeputt wusst.

„Ik kenn se!", seggt he bi sik sülven. „Ik kenn uck min Fehler, un ik gev 'n uck to, dar süht 'n an, wo demödig un trügghöllern ik bün. Fehlers hebben wi all, man een hett doch uck gude Sieden. De Tassen hebben en Öhr, de Zuckerdoos hett en Stülp, un ik heff beides un denn noch een Deel, wat de nie nich kriegen, ik heff en Tuut kregen, de maakt mi to König up'e Teedisch. De Zuckerdoos un de Rohmguss dörven geern de Deeners vun'e Wollsmack we'n, man ik bün de, de geven deit, de dat Seggen hett, ik verdeel de Segen mang de dörstige Minschheit. Binnen in mi warrn de schinees'sche Bläder in dat kaken, smacklose Water verarbeid't."

All düt hett de Teeputt in sin keute junge Daag seggt. He hett up'e deckte Disch stahn, he is vun'e fienste Hand hoochböhrt wurrn. Man de dare fienste Hand is tüffelig, de Teeputt fallt dal, de Tuut knackt af, dat Öhr knackt af, de Stülp is nich un snacken vun, dar is al nugg vun snackt wurrn. De Teeputt liggt beswiemt up'e Del, dat kaken Water löppt dar rut. Dat is en harde Slag, de he dar kregen hett, man dat leegste is, se lachen, se lachen *em* ut un nich de tüffelige Hand.

„Dat kann un kann ik nich vergeten, nie nich", hett de Teeputt seggt, wenn he sik laterhen sülven sin Levensloop vertellt hett. „Se hebben seggt, ik bün nich mehr to bruken, hebben mi in'e Eck stellt un de neegste Dag weggeven an en Oolsch, de um wat Smolt bedelt hett. Ik bün dalkamen in'e Armoot, mi hett rein de Verstand still stahn, man as ik dar so stahn heff, hett min betere Leven anfungen. Se hebben Eerde in mi rinpackt; dat bedüüd't för en Teeputt inkuhlt warrn. Man in'e Eerde hebben se en Blomenzippel leggt. Wokeen de leggt hett, wokeen de hergeven hett, dat weet ik nich, man geven is 'n wurrn, to'n Utgliek för de schinees'sche Bläder un dat kaken Water, to'n Utgliek för de afbraken Tuut un Öhr. Un de Zippel hett in'e Eerde legen, de Zippel hett in mi legen, dat is min Hart wurrn, min lebennige Hart, so een heff ik nie nich vörher hatt. Dar is Leven in mi we'n, Knoev un Kraft; dat Hart hett slaan, de Zippel hett Kiemen dreven, de wull meist bassen vör Gedanken un Geföhl. Un de Kiemen hebben en Blööt schaten. Ik heff 'n sehn, ik heff 'n dragen, ik heff mi sülven vergeten, so smuck as 'n weer. Dat is en Segen un vergeten sik sülven in annern! De hett sik nich bedankt; de hett nich mal an mi dacht – de is bewunnert wurrn un laavt. Ik heff mi dar so to freut, wat schull de dat denn wull nich. Mal heff ik denn hört, se hebben seggt, de Bloom verdeene en betere Putt. Se hebben mi merrn dörhaut, dat hett gresig weh daan. Man de Bloom is in en betere Putt kamen, un mi hebben se rutsmeten up'e Hoff. Dar ligg ik nu as en ole Schör – man ik heff dat Erinnern, un dat kann mi keeneen nehmen."

De Gaarner un de Herrschaften

Een Miel vun'e Königsstadt hett mal en ole Herren-
hoff stahn mit dicke Muern, Taarns un tackerige
Gevels. Dar hebben – wenn uck blots to Sommertied
– rieke Herrschaften vun hoge Stand in wahnt.
Düsse Hoff is de beste un smuckste we'n vun all de
Hoef, de se tohört hebben. Vun buten is 'n we'n as nü
un vun binnen fein kommodig. De Familje ehr Wa-
pen is in Steen oever de Poort uthaut we'n, feine
Rosen hebben sik um Wapen un Franspier[1] wunnen,
en ganze Teppich vun Gras hett sik vör de Hoff ut-
spreed't. Dar is Wittdoorn we'n un Rootdoorn, dar
sünd rare Blöme we'n, uck buten dat Drievhuus.

De Herrschaften hebben uck en düchtige Gaarner
hatt; dat is en Lust we'n un kieken de Blomengaarn,
de Appelhoff un de Kruutgaarn an. Blangenan is
noch en Rest vun'e Hoff sin ole Gaarn we'n: wecke
Buxböme, to Kronen un Pyramiden klippt. Dar ach-
ter hebben twee gewaltige ole Böme stahn; de heb-
ben meist nie nich Bläder hatt, un een harr licht
meenen kunnt, en Storm oder en Windhoos harr dar
grote Missklotten oeverstreut, man elkeen Klott is
en Vagelnest we'n.

Sörre urole Tieden hett dar en gewaltige Flock
schriegen Raven un Kreihen huust: Dat is en heele
Vageldörp we'n, un de Vageln sünd de Herrschaften
we'n, se hett dat heele tohört, de öllste Familie, de
richtige Herrschaften up'e Hoff. Mit keen vun de
Minschen dar nedden hebben se wat to doon hatt,
man se hebben de dare deepstahen Gestalten to-
laten, wenn de uck af un to mit Büssen knallt heb-

---

[1] Franspier (auch Franspieß) = Frontispiz

ben, dat et de Vageln in'e Rügg kribbelt hett un elk-
een Vagel vör Schreck tohööchtflagen is un „Rack!
Rack!" schriet hett.

De Gaarner snackt faken mit de Herrschaften, se
schoe'n de dare ole Böme doch umhau'n laten. De
sehn ja nich guut ut, un wenn de wegkamen, warrn
se wahrschienlich uck de dare larmen Vageln los, de
warrn denn sachs annerwegens hentrecken. Man de
Herrschaften woe'n dar nix vun weeten, se woe'n
nich de Böme weg hebben un nich de Vageln. De
kann de Hoff nich missen, de sünd noch vun de ole
Tied her, un de schall nich ganz utlöscht warrn.

„De dare Böme sünd nu mal de Vageln se's Arv, laat
se de beholen, min gude Larsen!"

De Gaarner hett Larsen heeten, man dat hett wieder
nix to seggen.

„Hett He nich nugg to doon, min leeve Larsen? De
heele Blomengaarn, de Drievhüser, Appelhoff un
Kruutgaarn?"

De hett he ja, de passt un hegt un plegt he un is
ievrig un düchtig, un dat ward vun'e Herrschaften
uck estemeert, man se laten em uck weeten, dat se bi
Frömden faken Appeln un Ber'n eten un Blöme sehn,
de beter sünd, as wat se in se's Gaarn hebben, un dat
maakt de Gaarner trurig, denn he will dat Beste un
deit dat Beste. He is guut in't Hart un guut in't Amt.

Mal laten de Herrschaften em ropen un seggen to em
fründlich, man eernsthaftig, se hebben de Dag vör-
her bi vörnehme Frünnen en Slag Appeln un Ber'n
kregen, de sünd so saftig we'n un hebben so fein
smeckt, dat se sülven un all de annern Gäst se düch-
tig laavt hebben. De sünd sachs nich ut düt Land

210

we'n, man een schull se inföhren, dat se hier wassen – dat heet, wenn dat Klima dat tolett. Se weeten, se sünd köfft bi de eerste Grönhoeker in'e Stadt. De Gaarner schall henrieden un rutkriegen, wonem düsse Appeln un Ber'n her sünd, un sik denn Twiegen to'n Veredeln schicken laten.

De Gaarner kennt de dare Grönhoeker guut, dat is jüst de, an de he all de Appeln un Ber'n ut'e Gaarn vun'e Herrenhoff verkopen deit, de se oever hebben.

Un de Gaarner denn ja hen to Stadt un fraagt de Grönhoeker, wonem he de dare hoochlaavte Appeln un Ber'n her hett.

„De sünd ut Se's eegne Gaarn!" grient de Grönhoeker un wiest em Appel un Ber, un he kennt se wedder.

Na, do freut he sik ja, de Gaarner; he nix as hen na de Herrschaften un vertellt se, de Appeln un Ber'n sünd ut se's eegne Gaarn we'n.

Dat koenen de Herrschaften gar nich gloven. „Dat kann ja nich angahn, Larsen! Kann He sik dat vun'e Grönhoeker schriftlich geven laten?"

Ja, dat kann he guut, he bringt se dat schriftlich.

„Dat is ja gediegen!" seggen de Herrschaften.

Nu kamen dar Dag för Dag up'e Herrschaftsdisch grote Schötteln mit de dare prächtige Appeln un Ber'n ut se's eegne Gaarn. Schepel- un tunnenwies warrn darvun an Frünnen in'e Stadt un buten de Stadt, ja, sogar buten Lands schickt. Dat is di en Vergnögen! Man se moeten darto seggen, dat sünd ja uck twee afsünnerlich gude Sommers för Appel- un Berböme we'n, de hebben oeverall in't Land fein dragen.

Na en Tied sünd de Herrschaften mal to Middag an'e Königshoff. De neegste Dag ward de Gaarner na de Herrschaften rapen. Se hebben to Middag Melonen kregen, de sünd so saftig we'n un hebben so fein smeckt, ut'e Majestät sin Drievhuus.

„He mutt hen na de Hoffgaarner, min gude Larsen, un sehn un kriegen wecke Karns vun düsse wunnerbare Melonen!"

„Man de Hoffgaarner hett doch de Karns vun uns!" seggt de Gaarner ganz vergnöögt.

„Denn hett de dare Mann wusst un bringen dat Aaft wieder vöran!" seggen de Herrschaften. „Elkeen Melon is ganz wunnerbar we'n!"

„Na, denn kann ik ja stolt we'n", seggt de Gaarner. „Ik will de gnädige Herrschaften man seggen, de Slottsgaarner hett düt Jahr keen Glück hatt mit sin Melonen, un as he sehn hett, wo fein unsen stahn, un se smeckt hett, do hett he dree darvun up't Slott bestellt."

„Larsen! Bill He sik doch nich in, dat dat Melonen ut unse Gaarn we'n sünd!"

„Dat gloov ik woll!" seggt de Gaarner, geiht na de Slottsgaarner un kriggt dat vun em schriftlich, de Melonen up'e königliche Tafel sünd vun'e Herrenhoff we'n.

Dat verbaast de Herrschaften nu bannig, un se beholen de Geschicht nich för sik, se wiesen dat Attest vör, un dar warrn Melonenkarns wied rum verschickt, jüst so as vördem de Twiegen to'n Veredeln.

Un wat de angeiht, dar kriegen se Bescheed, se slaan an, un drägen ganz gewaltig, un hebben de Naam na de Herrschaften se's Herrenhoff, un sodennig kann een de Naam darbi nu up Engelsch, Düütsch un Franzöösch lesen.

Dar hett ja vördem nie nich een an dacht.

„Wenn dat de Gaarner man blots nich to Kopp stiegen deit!" seggen de Herrschaften.

Man de nimmt dat up en anner Aart: He is dar nu eerst recht achter ran un beholen sin Ansehn as een vun'e beste Gaarners in't Land un will elkeen Jahr versöken un halen wat afsünnerlich Feines ut alle Slag Gaarns rut. Man he kriggt doch faken to hören, de allereerste Appeln un Ber'n, de he bröcht hett, dat sünd doch eegentlich de besten we'n, dar koenen all de latere Soorten nich an ticken. De Melonen, ja, de sünd ja richtig guut we'n, man dat is ja en ganz anner Slag. De Eerdber'n, ja, de sünd lecker, man doch nich beter as de, de de anner Herrschaften hebben. Un as een Jahr de Radies nix warrn, do ward blots vun'e ringe Radies snackt un nich vun all dat Gude, wat dar rutkamen is.

Dat schient meist, as wenn de Herrschaften sik richtig licht föhlen, wenn se seggen: „Dat weer nix düt Jahr, min gude Larsen!" Se freuen sik richtig to un koenen seggen: „Dat weer düt Jahr nix!"

En paar Mal in'e Wuch bringt de Gaarner frische Blöme rup in'e Stuuv, ümmer up't Beste tohopenstellt; de Klören kamen dardör so recht to'n Lüchten.

„He hett Smack, Larsen", seggen de Herrschaften, „dat is en Gaav, de hett He vun'e unse Herrgott mitkregen, nich ut sik sülven!"

Mal kümmt de Gaarner mit en grote Kristallschöttel, dar liggt en Aublomenblatt in; dar up liggt, mit ehr lange, dicke Stilk in't Water, en strahlen blaue Bloom, groot as en Sünnbloom.

„Lotus vun Hindustan!" fahrt dat ut'e Herrschaften rut.

So'n Bloom hebben se noch nie nich sehn, un de ward bi Dag in'e Sünnschien stellt un to Avend in't Lampenlicht. Elkeen, de 'n to sehn kriggt, dücht 'n gediegen un fein un raar, ja, dat seggt sogar de vörnehmste junge Daam in't Land, un dat is en Prinzessin; klook un vun Harten guut is se.

De Herrschaften reken sik dat as Ehr an un schenken ehr de Bloom, un 'n kümmt mit de Prinzessin up't Slott.

Denn gahn de Herrschaften dal in'e Gaarn, se woe'n sülven en Bloom vun desülve Aart plöcken, wenn dar noch een is, man dar is keen to finnen. Do ropen se de Gaarner un fragen, wonem he de blaue Lotus her harr.

„Wi hebben vergevs söcht", seggen se. „Wi sünd in'e Drievhüser we'n un in'e Blomengaarn."

„Nee", seggt de Gaarner, „dar is 'n uck nich. Dat is man blots en eenfache Bloom ut'e Kruutgaarn, man de is doch smuck, nich? De süht ut, as wenn dat en blaue Kaktus is, un dat is doch man de Blööt vun en Artischock."

„Dat harr He doch man foorts seggen schullt!" seggen de Herrschaften. „Wi hebben doch meent, dat weer en frömde, rare Bloom. He hett uns vör de Prinzessin blameert! Se hett de Bloom bi uns sehn un much 'n geern lieden, se kenne 'n nich, un se weet doch guut Bescheed in'e Botanik. Man de dare Wetenschopp hett ja nix mit Koekenkrüder to doon. Wo kunn em dat infallen, min gude Larsen, un stellen so'n Bloom in'e Stuuv! He maakt uns ja to'n Spijöök!"

Un de smucke blaue Prachtbloom, de ja man ut'e Kruutgaarn haalt is, ward rutsmeten ut'e Herrschaftsstuuv, dar hört 'n ja nich hen. Un de Herrschaften entschülligen sik bi de Prinzessin un vertellen, de Bloom is man en Koekenplant, de Gaarner hett de gediegene Infall hatt un stellen 'n hen, man he hett darför uck al de Maag reinmaakt kregen.

„Dat is Sünne[1] un Unrecht!" seggt de Prinzessin. „He hett uns doch de Ogen upmaakt för en Prachtbloom, de wi gar nich wies wurrn sünd, he hett uns dar wat Feines wiest, 'nem wi nich mal an dacht hebben un söken na! So lang' as de Artischocken blöhn, schall de Slottsgaarner mi elkeen Dag een rupbringen in min Stuuv!" Un dat schüht uck.

De Herrschaften laten de Gaarner bestellen, he kann se wedder en frische Artischockenbloom bringen.

„Eegentlich is 'n ja smuck!" seggen se. „Ganz gediegen!" Un de Gaarner ward laavt.

„Dat mag Larsen geern hebben!" seggen de Herrschaften. „He is richtig as so'n verwöhnte Gör!"

To Harvst gifft dat en gresige Storm; to Nacht ward 'n noch duller, so dull, dat en Barg grote Böme an'e Holtkant sammt de Wuddel umsmeten warrn. Un to grote Truer vun'e Herrschaften – Truer seggen se darto – man to Freud vun'e Gaarner, weihn de beide grote Böme um mit all de Vagelnesten. Een hört in'e Storm de Raven un Kreihen schrien, se slaan mit'e Flünken an'e Ruten, seggen de Lüüd up'e Hoff.

---

[1] Sünne = (ungefähr) Unrecht, gleichzeitig Ausdruck des Bemitleidens (dän. det er synd)

„Nu freut He sik sachs, Larsen", seggen de Herr-schaften, „de Storm hett de Böme umweiht, un de Vageln hebben sik na't Holt hen vertrocken. Hier is nu nix mehr to sehn vun'e ole Tied, elkeen Teeken un Andüden is weg. Uns hett dat trurig maakt."

De Gaarner seggt dar nix to, man he denkt dar an, wat he al lang dacht hett, he will de feine Sünn-schienplatz, 'nem he betto nix oever to seggen hatt hett, recht bruken, dat schall de Stolt vun'e Gaarn un de Herrschaften se's Freud warrn.

De grote umweihte Böme hebben de urole Buxböme mit se's utklippte Figuren twei un toschannen haut. Dar plantet he nu dicht an dicht Inlandsplanten ut Feld un Holt hen.

Wo keen anner Gaarner an dacht hett un planten darvun in'e Herrschaftsgaarn, dat sett he hier in *de* Eerde, de to elkeen Plant passen deit, un in Schatten oder Sünnschien, so as elkeen Slag dat hebben mutt. He plegt mit Leev, un dat wasst allens fein.

De Machandelbusch ut'e Heid steiht dar in Form un Klör as de Zypress vun Italien, de blanke Hülsen-doorn, ümmer gröön, in Winterküll un in Sommer-sünn, is fein un kieken an. Vörne an wassen Bregen un Slangenkruut[1], wecke Slag'en sehn ut as Kinner vun'e Palm un annern, as weern se de Öllern vun de fiene, smucke Planten, de wi Fruenhaar nömen. Dar steiht de minnachtig ankekene Borr[2], de is frisch so smuck, de süht in en Struuß fein ut. De Borr steiht up't Dröge, Siede; up'e fuchtige Grund wasst de Schrepp, de de Lüüd uck nich up'e Tell hebben, un

---

[1] Bregen un Slangenkruut = Farn
[2] Borr = Klette

de doch, so hooch as 'n is un mit sin mächtige Bläder, richtig smuck lett. Fadenhooch mit Blööt an Blööt as en mächtige Kandelaber mit vele Arms steiht de Himmelssloetel[1] dar, rinplantet vun't Feld. Dar stahn Müüschen[2], Primeln un Lilikonvallen[3], de wille Kalla un de dreeblädrige fiene Suurkleever. Dat is fein un kieken dat an.

Ganz vörn, an Stahlwiern, wassen in een Reeg ganz lütte Berböme ut Frankriek; se kriegen Sünn un gude Pleg, un bald drägen se grote, saftige Ber'n, jüst as in dat Land, 'nem se herkamen.

Statts de beide ole Böme ahn Bläder ward en Fahnenmast upstellt, 'nem de Flagg an weiht, un dicht darbi noch en Stang, dar klarrt to Sommertied de Hoppen an na baven mit sin duften Blöten, man to Wintertied ward dar en Haverneek an uphängt, dat de Vageln ünner de Himmel to Wiehnachten uck satt warrn koenen.

„De gude Larsen ward weekmödig up sin ole Daag", seggen de Herrschaften. „Man he is uns truu ergeven."

To Nüjahr kümmt dar in een vun de Billerbläder in'e Königsstadt en Bild vun'e ole Hoff. Een süht de Fahnenmast un de Haverneek för de Vageln to Wiehnachten, un dar steiht un ward uck extra ruthaven, dat is mal en smucke Idee un bringen so'n ole Moo' wedder to Ehren, un dat passt so recht to de dare ole Hoff.

---

[1] Himmelssloetel = Königskerze
[2] Müüschen = Waldmeister
[3] Lilikonvall = Maiglöckchen

„Allens, wat Larsen maakt", seggen de Herrschaften, „dar maken se grote Stahoi vun! Dat is mal en glückliche Mann! Wi moeten ja meist stolt we'n, dat wi em hebben."

Man se sünd dar ganz un gar nich stolt up! Se hebben dat Geföhl, *se* sünd de Herrschaften, un wenn se woe'n, koenen se Larsen rutsmieten, man dat doon se nich, se sünd ja gude Minschen, un vun dat Slag gifft dat so vel gude Minschen, un dar kann elkeen Larsen sik man to freu'n.

Tja, dat is de Geschicht vun „De Gaarner un de Herrschaften". Dar kannst nu ja mal oever nadenken.